双葉文庫

暗殺奉行

激刀

牧秀彦

目次

この作品は双葉文庫のために書き下ろされました。

第一章　仇《あだ》討ち幽女《ゆうじょ》

一

今日は宝暦《ほうれき》三年（一七五三）の川開き。毎年五月二十八日には大川での船遊びが解禁されると同時に、両国橋《りょうごくばし》で賑々《にぎにぎ》しく花火が打ち上げられる。

受け持つのは、六代目の鍵屋弥兵衛《かぎややへえ》。

ひゅるひゅるひゅるひゅるひゅる……。

どどーん、ぱぱっ……。

「か〜ぎや〜」

群れ集まった老若男女が、どっと歓声を上げる。

見渡す限りの群集だった。

両国橋の上はもとより袂《たもと》から川の岸、近隣の家々の屋根に至るまで人、人、人で埋め尽くされている。

この花火が始まったのは、二十年前の享保《きようほう》十八年（一七三三）。名君と謳《うた》われた八代将軍、徳川吉宗《とくがわよしむね》公の頃のことだ。

当初は水難に遭《あ》った犠牲者の霊を弔う行事だったが、今では江戸に夏の訪れを告げる風物詩。誰もが皆、お祭り気分で楽しんでいた。

大川を少し下った永代橋《えいたいばし》の辺りでも、両国の花火はよく見える。

橋の袂には、ひと稼ぎしようと集まった屋台がぎっしり。

そばにうどん、田楽と菜飯《なめし》、とろろ汁といった軽食を、小腹をすかせた人々が先を争って買っていく。

「か〜ぎや〜」

「そ〜ばや〜」

間髪《かんはつ》を容《い》れずに叫んだのは早見兵馬《はやみひようま》。息子の辰馬《たつま》に肩車をしてやりながら器用に箸を動かし、熱々のかけそばを啜《すす》っていた。

辰馬も身を乗り出し、元気一杯に声を張り上げる。

「そ〜ばや〜、うどんや〜」

ご機嫌な父子の傍《かたわ》らで、鶴子《つるこ》が頬を紅く染めていた。

「恥ずかしいではありませぬか、お前さま……」

武家の妻女らしからぬ、下ろしたての浴衣《ゆかた》をまとった姿が艶《つや》っぽい。

夫婦仲良く連れ立って花火を見物し、子連れながら久方ぶりの恋人気分を満喫しようと思っていたのに、期待した甘い雰囲気もこれでは台無し。

しかし能天気な掛け声は、周りの見物客には大受けだった。

「はははは、こいつぁいいや」

「俺たちもやってみようぜ」

兵馬と辰馬の後に続いて、みんなが真似をし始めた。

「そばや～」

「うどんやっ」

「でんがくや～」

「う～ら～め～し～や～」

ふざけたことを叫んだのは、ほろ酔い気分の遊び人。

そのとたん、後ろから拳《こぶし》が飛んできた。

「馬っ鹿野郎、縁起でもねぇこと言うんじゃねぇや！」

頭をぽかりと殴ったのは、武家奉公の若い中間《ちゅうげん》。

共に喧嘩っ早そうな手合いだけに、何事もなく済むはずがない。

たちまち遊び人は怒り出した。

「なんだてめぇ、三下奴《さんしたやっこ》がふざけやがって！」

「やかましいやい！　てめぇ、ここんとこの幽霊騒ぎを知らねぇのかっ」

鼻の穴を膨らませ、中間は怒鳴り返す。

「縁起でもねぇことほざきやがって、このチンピラ！」

「やかましいのはてめーのほうだぜ、三下奴！」

負けじと遊び人がまくし立てる。

「てめーの吐《ぬ》かす噂ってのは武家女の形《なり》をしてる物《もの》の怪《け》が、助平《すけべい》旗本どもをたらしこんでは取り殺してるって話だろう？　へっ、今まで上様のご威光を笠に着て威張りくさってた奴らが次々血祭りに上げられてんだからよぉ、結構なことじゃねーか。おい奴、てめーんとこの殿さまだって、どっちみち役立たずのろくでなしなんだろうが？」

「何を、無礼な！」

「やるか、こいつ!!」

夜空に打ち上がる花火もそっちのけで、男たちはにらみ合う。

騒ぎに気付いた早見は、おもむろに仲裁に割って入った。

「おい、せっかくの川開きに野暮は止《よ》しな」

そばの丼を手にしたままでも、告げる口調は貫禄十分。

口調こそ穏やかだが六尺（約一八〇センチ）に近い、鍛えられた全身から放たれる雰囲気は精悍《せいかん》そのもの。訳が分からずにきょとんとしている辰馬を肩車していても、隙《すき》がまったく見当たらなかった。

「何なら番所で話をするかい。え？」

にやりと笑って一言告げるや、男たちは震え上がった。

「す、すみやせん、八丁堀《はっちょうぼり》の旦那っ」

「ど、どうかご勘弁くだせぇまし！」

口々に詫びを述べるや、我先に踵《きびす》を返す。

喧嘩を始めるどころではなくなったのも、当然だろう。

くつろいだ着流し姿で子どもを肩車していても、大小の刀と小銀杏髷《こいちょうまげ》を見れば町方役人と察しは付く。士分でありながら町人風に髷を短く、額《ひたい》を広くして髪を結うのは、南北の町奉行所勤めの与力か同心しかいない。

「けっ、好き勝手にほざきやがって……俺ら町方だって、何とかお縄にしようと頑張っているのだぜ」

一目散に逃げていく男たちを見送りながら、兵馬は毒づく。

花火見物の興奮も、急に醒《さ》めてしまった様子であった。

「さーて辰馬、そろそろ帰《けえ》って寝るとしようか」

疲れた声で告げながら、ひょいと肩から息子を下ろす。

しかし、幼子《おさなご》は聞く耳など持ちはしなかった。

「いやだよう！　もっとはなびがみたいもん！」

「そうですよ、お前さま」

すかさず鶴子も口を挟んでくる。

「せっかくの川開きではありませぬか、今少し居《お》りましょう」

「おいおい、こういうときにゃ息子を叱るのが母親の役目だろうが」

母子揃って駄々をこねられ、兵馬は困惑した顔になる。

と、おもむろに鶴子が身を寄せてきた。

さりげなく浴衣の袖を重ねて手を握り、火照《ほて》った体に触れさせる。

「懐かしゅうございますねぇ、お前さま」

「な、何のことだい」

「祝言を挙げた年の川開きにも、こうして浴衣姿でご一緒に……思えば辰馬を授かったのは、あの夜のことでしたねぇ……」

手のひらを押し当てられた腿《もも》だけでなく、耳元でささやく吐息も熱い。

「おいおい、人様の前で止めろって！」

「心得ておりますよ。続きはお屋敷に戻ってから……ね？」

ここで花火見物を切り上げても、どっちみち夫に甘えるつもりらしい。

「……しょうがねぇなぁ」

溜め息をひとつ吐《つ》き、早見は言った。

「それじゃ、もう少し見物していくとしようかい」

「わーい！」

許しが出るや、たちまち辰馬は小躍《こおど》りした。

ひゅるひゅるひゅるひゅる……。

どどーん、ぱぱっ……。

漆黒の夜空にまた花火が上がる。

だが、周りを大人たちに囲まれていては何も見えはしない。

「あーん、ちちうえー」

「ほら、もう一遍《いっぺん》乗っかりな」

そっと鶴子の手を離し、早見は辰馬を肩車する。

早いもので、可愛い息子も今年で五歳になった。

まるっこい固太りの体型をしていても動きは機敏で腕っ節も強く、八丁堀界隈《かいわい》のちびっ子連中の間では、ガキ大将と認められているらしい。

親の前では甘ったれでも喧嘩をすれば負け知らずで、幼い頃の早見そのものに育ちつつある。いずれ剣術を学ぶ歳になっても、嫌がることなく道場通いをしてくれることだろう。

北町奉行所一の遣い手と評判を取る早見にとっては、まことに喜ばしい。

辰馬にならば安心して、家督と与力職を譲ることもできる。

とは言え、影の御用まで受け継がせたくはなかった。

去る四月に着任した北町奉行の依田和泉守政次《よだいずみのかみまさつぐ》は、九代将軍の家重《いえしげ》公から密かに下される命を受け、御定法で裁けぬ悪を討つ役目を担っている。そして早見は幼馴染《おさななじ》みでもある隠密廻同心の神谷十郎《かみやじゅうろう》、その同僚で古参同心の小関孫兵衛《こせきまごべえ》ともども依田に腕を見込まれ、悪党退治の実行役を任されていた。

金と権力で裁きを逃れ、与力の権限を以《もっ》てしても表立っては太刀打ちできない悪党どもを密かに滅《めっ》し、征夷大将軍の城下町たる江戸市中の平和を護《まも》るのは末端ながら旗本格の直参として、大いにやり甲斐《がい》のあることと言えよう。

しかし、人を斬れば心は痛む。

たとえ相手が許しがたい外道《げどう》でも、命を奪えば業《ごう》を背負う。

息子に継がせるのは早見の家督と、吟味方与力の役目だけでいい。

（こいつには、人斬りなんかさせたくねぇ。できることなら……な）

そんな父の胸の内など知る由《よし》もなく、辰馬は無邪気に花火を楽しんでいる。

「おっきなはなびだったね、ははうえ！」

「ほんとですねぇ。ほら、またすぐに上がりますから見ていなされ」

鶴子は背伸びをし、息子の手を握って微笑《ほほえ》んでいた。

空いた手で団扇《うちわ》を遣い、汗だくの早見を煽《あお》いでやるのも忘れない。

鶴子と辰馬は早見にとって、何物にも代え難い宝物であった。

金には少々がめついものの情が深い妻と、甘えん坊ながらたくましい息子。

江戸の平和も大事だが、この二人は何としても守り抜きたい。

ひゅるひゅるひゅるひゅる……。

どどーん、ぱぱっ……。

「か〜ぎや〜!!」

天下の御政道から見ればささやかな、されど得難い今の幸せを噛み締めながら盛大に掛け声を飛ばす早見であった。

二

「か〜ぎや〜」

「そ〜ばや〜」

「うどんや〜」

花火の煌《きら》めきと共に、歓声は打ち続く。

そんな川開きの賑わいをよそに、与七《よしち》は黙々と桝酒《ますざけ》を啜っていた。

入れ込みの板の間には、他の客の姿は見当たらない。

富岡八幡宮《とみおかはちまんぐう》の門前町の片隅で、ひっそりと暖簾《のれん》を掲げる倹飩屋《けんどんや》である。

与七が日頃から気晴らしに出入りしている、ほんの小さな店だった。

奉公先の『八州屋《はっしゅうや》』が在る日本橋から少々離れてはいるものの、猪牙《ちょき》を使えば行き来は早い。

奉公人仲間もしばしば通っているが、彼らの目当ては吉原の遊女に劣らぬ上玉揃いと評判の、門前町の岡場所の女たち。鼻毛を抜かれて通い詰める手代も番頭もみんな色事で頭が一杯のため、裏道の倹飩屋になど見向きもしない。

おかげで与七は鉢合わせすることもなく、いつも独りでのんびりくつろぐことができている。

川開きの今宵は他の客どころか、店の親爺《おやじ》さえ居なかった。

常連の与七に無理やり留守番を押し付け、好きに飲み食いしてくれとだけ言い置いて、通いで店を手伝っている小女《こおんな》と花火見物に出かけてしまったのだ。

勝手なものだが、取り立てて不自由はない。酒は冷やのままで構わぬし、肴《さかな》は台所で見つけた油揚《あぶ》げを七輪の火でかりっと炙り、小皿の醤油《しょうゆ》を付けながら齧《かじ》るだけで十分だった。

「………」

黙々と酒を啜る与七の装いは、節季ごとに支給される仕着せ。地味な着物から前掛けを外しただけの、いかにもお店者《たなもの》らしい風体《ふうてい》である。

立ち居振る舞いも無頼漢めいてはおらず、あぐらをかいて座っていても裾までは乱すことなく、襟元《えりもと》を拡げてもいない。

されど、全身から漂わせる雰囲気は堅気《かたぎ》らしからぬものだった。

何気なく天井の梁《はり》に向けた視線も眼光鋭く、ひやりと冷たい剃刀《かみそり》を思わせる。

「……鼠《ねずみ》か」

それもそのはずだった。

与七は小僧から手代になった、生え抜きの奉公人とは違う。

二十代も半ばを過ぎた頃、ひょんなことから八州屋の勢蔵《せいぞう》と知り合って店に迎えられ、この江戸に居着くまでは、ずっと街道筋で盗っ人を生業《なりわい》にしていた。

身軽で錠前破りの腕にも長《た》け、いざとなれば用心棒の浪人を相手取っても引けを取らない腕利きで、盗みと殺しはすれども女は犯さぬ、悪党ながら筋の通った若い衆だと、その道では一目置かれたものである。

何も矜持《きょうじ》を守るために、乱暴狼藉《ろうぜき》を働かなかったわけではない。

与七は女が嫌いだった。

男なら誰もが興奮する脂粉《しふん》の匂いも、嗅《か》げば吐き気がするばかり。胸乳《むなぢ》や秘芯を触らされでもした日には、もういけない。

とは言え、男色を好むわけでもなかった。

いずれも無理やり山ほど味わわされて、今や抱いているのは嫌悪の念のみ。

「……」

桝に半分ほど残った酒を、与七はくいと飲み干した。

望まぬ交合《こうごう》を初めて強いられたのは、酒の味を覚えるより早かった。

与七は両親《ふたおや》の顔を知らない。物心がついたときには上州《じょうしゅう》の山寺で、同じ境遇の子どもたちと共に、住職に読み書き算盤《そろばん》を教わりながら暮らしていた。

人の好《よ》さげな顔をした住職は、集めた孤児に教養を授けた上で中山道《なかせんどう》筋の商家へ年季奉公に出し、給金を前渡ししてもらって荒稼ぎする悪僧だった。

あくまで身売りではなく奉公と称し、仏に仕える身でありながら子どもを金に換えていたのである。

利発と見なされた与七は、宿場町の大店《おおだな》に送られた。

単に出来が良いだけでは、小僧仲間にいじめられるのが関の山だったろう。

与七が重宝されたのは口数が生来少なく、こなした仕事の手柄を一切、吹聴《ふいちょう》しなかったが故のこと。

小僧から手代、さらには番頭と上り詰めたい商家の奉公人たちにとって、これほど重宝なカモは滅多に居まい。手柄を横取りしても喧嘩になるどころか、文句さえ言われぬからだ。

見てくれがまずければ、そうやって利用されるだけで済んだはず。

与七の不幸の始まりは色黒ながら顔立ちが整っており、なめし革の如く張りのある、引き締まった体付きをしているのに目を付けられたことだった。

最初に無体《むたい》を強いたのは、先輩の小僧。

若い手代や女中にも、先を争って寝部屋に連れ込まれた。

満を持し、終《しま》いに手を出してきたのはお店の内儀。

年の離れたあるじの許《もと》に後妻として嫁ぎ、老いても助平な夫を適当にあしらう一方で奉公人をつまみ食いするのが常の、淫蕩《いんとう》な女だった。

とりわけ与七に執着したのは若い上に身寄りが居らず、長く手許に置いて飼い殺しにすることができると見込めばこそ。

そのやり口は、非道に過ぎた。

『お前はいずれ番頭にしてあげます。その代わり、私が灰になるまで床の相手をするのですよ……ほら、みんなから教わったとおりになさい』

すべて内儀が糸を引き、奉公人たちにやらせていたのだ。

与七が絶望し、世をはかなんだのも無理はない。

店が押し込みに遭ったのは、厠《かわや》で首を吊ろうとしていた最中のことであった。

静かになるのを待って厠の戸を開けてみると、廊下も障子《しょうじ》も血飛沫《ちしぶき》だらけ。庭では内儀が突き立てられた短刀もそのままに、虫の息であえいでいた。

『た、助けておくれ……』

本来ならば奉公人として忠を尽くし、引きずってでも表に連れ出すべきだったのだろう。しかし気付いたときには柄《つか》が砕けんばかりに短刀を握り締め、もはや動かぬ内儀を幾度となく、繰り返し刺していた。

『おい小僧、その女はとっくに死んでるぜ。幾ら何でも亡骸《おろく》にまで、酷《ひど》い真似をしちゃいけねぇよ』

我を忘れた与七を止めたのは、金目のものを余さずまとめて引き上げるところだった盗っ人の男たち。

『こいつぁものになりそうだぜ……。まだ尻《けつ》の青いガキのくせに、人を殺すのをちっとも怖がっちゃいねぇや』

一味の頭《かしら》が感心しきりでつぶやく声の響きを、与七は昨日聞いたかの如く鮮明に覚えている。

盗っ人一味で場数を踏んで独り立ちし、その道で名を馳《は》せた与七が再び堅気の奉公人となったのは、八州屋の勢蔵との出会いがきっかけだった。

初めて顔を合わせたのは、中山道の峠道。商用の旅の帰りに無頼の浪人どもに待ち伏せられ、供の手代を殺されて間一髪《かんいっぱつ》のところに与七が来合わせ、返り討ちにしてやったのだ。

何も、見返りが欲しかったわけではない。襲われていたのが江戸でも指折りの呉服屋のあるじとは知る由もなく、腐っても武士のはずの浪人どもが年寄りをいたぶる現場を目の当たりにして、むかっ腹が立っただけのこと。

その折の戦いの最中に手持ちの脇差を打ち折られ、代わりに勢蔵が放って寄越した短刀——今も得物《えもの》にしている、喰出鍔《はみだしつば》付きの高価な一振りを頂戴しただけで礼ならば十分だった。

そもそも、与七と勢蔵は住む世界が違いすぎる。いかに命の恩人とはいえ、明らかに殺しに慣れている男と深く関わろうとする商人など、居るはずもないだろう。

しかし勢蔵は与七のどこが気にいったのか江戸まで連れ帰り、手代として店に迎えてくれたばかりか、歳を取ってから授かった息子の新平《しんぺい》のお目付け役まで申し付けたのだ。窮地を救った礼だとしても、余りにも待遇が良すぎる。

不可解な限りであった。

かつて商家に奉公していたこともあるとはいえ、与七は骨の髄まで盗っ人稼業に浸かった身。金蔵に小判が唸《うな》っている大店に雇い入れるなど、砂糖の山に蟻《あり》を解き放つようなものである。

何故《なにゆえ》に、ここまで手厚く遇してくれるのか。

勢蔵の真意を聞かされたのは、新平が神谷の岡っ引きを仰せつかった後のことだった。

『よろしく頼むよ与七。お前をうちに連れてきたのは、こういうときのためなんだから……ふふっ、私の見込みは間違っちゃいなかったね』

『どういうこってす、大旦那さま』

『大事なもんを守るためには、力が入り用だってことだよ』

与七と二人きりで向き合って、勢蔵はこう言ったものだ。

『お前、私の家族をどう思うね』

『お身内の皆さまがたのこと……ですかい』

『はははは、言わなくても顔に書いてある。揃いも揃ってお人好しで、危なっかしくて見ちゃいられないってんだろう？』

『い、いえ……』

『いいんだよ。そうなるように、私が育てたのだからね。たとえ商いの上のことであっても汚い真似をさせず、見せず、考えないように教え込んできたからねぇ……お栄《えい》の婿に堅物《かたぶつ》の盛助《せいすけ》を選んだのも、つまりはそういうことなんだよ。この店で腹の底まで真っ黒いのは私だけで、他のみんなはきれいすぎるのさ。ずっと修羅《しゅら》の道を歩いてきたお前にしてみれば、みんな甘ちゃんなんだろうけどね』

勢蔵を別にすると、八州屋の人々はたしかに甘い。

若旦那の新平は言うに及ばず、姉のお栄と番頭上がりの婿である盛助も、足の引っ張り合いや駆け引きをする必要のない世界で生きていた。

あるじの身内だけが、汚れを知らぬわけではない。

八州屋では、奉公人も純粋な者ばかりだった。

かつて与七が過ごした大店が肥溜《こえだ》めならば、こちらは天界の蓮《はす》の如しだ。

内儀のお勝《かつ》も家付き娘ながら高慢なところは微塵《みじん》もなく、齢《よわい》を重ねた今も少女のように無垢《むく》そのもの。周囲からそう思われるように装っているわけではなく、元から汚さとは無縁なのだ。

みんながそうしていられるように、勢蔵は一人で泥をかぶってきたのだ。

同じ裏で糸を引くにしても、与七を汚し尽くした腐れ内儀とは全然違う。

『清濁併《せいだくあわ》せ呑むってことは難しいね』

言葉を失った与七に、勢蔵はしみじみと語ったものだった。

『私は店を大きくするために、いろいろとやってきた。もちろん真っ当な商いを心がけてきたけれど、時には非道なこともしたものさ。競う相手を蹴落《けお》とすのに汚い手を使ったり、米相場で争って身ぐるみ剥《は》いでやったり……あの追い剥ぎ浪人どもに襲われたのは、今にして思えば天罰だったのかもしれないね』

『そんなことはありやせんよ、大旦那さま』

与七は懸命に宥《なだ》めた。

何も、そこまで己を卑下《ひげ》することはあるまい。

『商いってのは詰まるところ、銭金が矢玉《やだま》代わりのいくさでござんしょう。汚い真似をしたとおっしゃいますが、何もあっしみたいに人さまの命まで……』

『ずいぶん奪ったさ。私のせいで店が潰れて一家で首を括《くく》ったのは、二軒や三軒じゃ済まないだろうね』

気負いなく勢蔵は続けて言った。

『まぁ、どのみち極楽往生はできないだろう。冥土《めいど》まで私の供をしてもらえそうなのは、この店じゃお前ぐらいだろうね』

黙り込んだ与七を笑顔で見返し、勢蔵は言ったものである。

『お前の力、生きてる限りは新平に貸してやってくれないか』

『大旦那さま』

『汚れを知らないことは強みにもなれば、弱みにもなる。今から私みたいな生き方を、無理にさせようとは思わないよ。その代わり、お前に腕を振るって助《す》けてもらいたいのさ』

『ほんとにそれでよろしいんですかい？』

『もちろんだよ』

戸惑う与七に、勢蔵は頼もしく請け合った。

『何もお前にだけ、お守りを押し付けようってんじゃない。いざってときは私も手伝うさね』

『無茶ぁ言わないでおくんなさい、何も大旦那さまが荒事《あらごと》なんざ……』

『はははは、私が貸せるのは金の力だけだよ。入り用なときは遠慮をするなと新平に言ってあるから、お前さんも心得といておくれ』

そう言い切れる、八州屋勢蔵は大物だった。

そんな勢蔵をひとかどの男と見込んで信じていればこそ、与七は新平のお目付け役をやっているのだ。

悪党退治の影御用にまで手を貸すのも、捕物好きが高じて神谷十郎の岡っ引きをしている新平が、意欲を燃やすことだからである。

側《そば》で支えるのが苦にならぬ以上、八州屋から離れる気はない。

こうして酒を時々飲みに来るぐらいで、気晴らしは十分であった。

「……………」

すっと与七は腰を上げる。

台所に置かれた酒樽《さかだる》の栓《せん》を抜き、桝を満たして席に戻る。

「か～ぎや～」

花火見物の掛け声は、まだ続いている。

尽きぬ喧騒をよそに、与七は黙々と酒を啜る。

表の賑わいに何の感慨も抱きもせず、独り静かな時を過ごすのみだった。

三

ひゅるひゅるひゅるひゅる……。

どどーん、ぱぱっ……。

「ふっ、今年の花火も見事だのう」

渡辺三蔵《わたなべさんぞう》はにやりと笑った。

羽織と袴ばかりか着物まで脱いで肌襦袢《はだじゅばん》一枚になり、二階の窓辺で涼みながら高みの見物を決め込んでいた。

渡辺は三十四歳の若さで、御側衆《おそばしゅう》を務める直参旗本。

将軍の政務を支える補佐役として、江戸城中で幅を利かせている。

だが、これで満足するつもりは毛頭なかった。

天下の御側衆と言っても、渡辺は平役の一人に過ぎない。

今の立場に甘んじ、隠居するまで過ごすなど真っ平《まっぴら》御免であった。

もっと出世をしなくては、生きる甲斐が無い。

武士は源平の昔から、立身するために戦うもの。

戦乱が絶えた時代になっても、基本の在り方は変わらない。

弓馬刀鎗《きゅうばとうそう》が権謀術数《けんぼうじゅっすう》に替わっただけで、太平の世でも戦いは続いている。

汚い手を用いることも躊躇《ちゅうちょ》せず、朋輩《ほうばい》を蹴落としてでも先を越す意欲を、常に燃やしていなければなるまい——。

揺るぎない信念に基づいて出世を目指し、小納戸《こなんど》から平側衆となった渡辺の次なる目標は、御側御用取次《おそばごようとりつぎ》だ。

第一の側近として将軍と直《じか》に言葉を交わすのを許され、老中が未決の案件さえ独断で左右できる、権勢の座に上り詰めるのが悲願だった。

実現できる可能性は、決して皆無ではない。渡辺と一歳しか違わぬのに小姓組番頭《ばんがしら》を経て御側御用取次に抜擢《ばってき》された、田沼主殿頭意次《たぬまとのものかみおきつぐ》の例もある。

だからと言って、渡辺は田沼のことを微塵も敬《うやま》ってはいなかった。

(今に見ておれよ、主殿頭。いつまでも大人しゅう頭を下げ、従《したご》うておると思うでないぞ……うぬが命運など、早《はよ》う尽きてしまえばいいのだ)

夜空に煌《きら》めく花火を流れ星に見立て、渡辺は一心に祈りを捧げる。

当年三十五歳の田沼は、家重公の大のお気に入り。古株の御側御用取次として信頼の厚い大岡出雲守忠光《おおおかいずものかみただみつ》に次ぐ存在と見込まれ、重用されている。

腹立たしい限りであった。

必ずや権勢の座から追い落とし、後釜《あとがま》に座って見せる。

そんな野望を胸に抱き、渡辺は日々の務めに精勤していた。

心置きなく御用に励むためには、時々息抜きをすることも必要だ。

幸い、平側衆には三日に一度の休みがある。

宿直《とのい》明けの今日は下城して一眠りし、湯に浸かって汗を流した上で富岡八幡宮の門前町までやって来た。

一人も供を連れずに出かけたのは、嫉妬《しっと》深い妻の目を盗むためだけではない。

旧知の仲の商人から、貴方《あなた》さまに懸想《けそう》をしている若後家が居ります故、お忍びでお越しくだされ、と誘いを受けたからだった。

日頃は吉原にしか足を運ばぬ渡辺のために、用意されたのは『辰巳屋《たつみや》』という屋号の水茶屋。同じ門前町でも岡場所から少し離れた、永代橋寄りの一角なので辺りは静か。まして今宵は花火がよく見えるので、重ねがさね申し分なかった。

このところ江戸市中に増えてきた水茶屋は、世を忍ぶ間柄の男女が逢い引きに利用することも多いという。

たしかに二階の座敷に上がれば人目に付きにくく、店の女将《おかみ》も仲居も揃って口が堅い様子なので、渡辺は安心してくつろいでいた。

もちろん、肝心の床入りの相手がお粗末では話にならない。

惚《ほ》れられたというのが真実であれ作り話であれ、もしも醜女《しこめ》が現れれば即座に帰るつもりでいたが、そんな懸念など無用であった。

（福兵衛《ふくべえ》め、これほどの上玉を寄越すとはのう……）

衝立《ついたて》の向こうから聞こえる、衣擦《きぬず》れの音を耳にしながら渡辺はにやつく。

座敷に入るなり三つ指を突いて迎えてくれたのは、まだ二十歳《はたち》前ではないのかと思えるほどに初々《ういうい》しく、品のいい若後家だった。

（ふふっ、楽しみだの……何が望みかは存ぜぬが、福兵衛には出来る限りの便宜を図ってやらねばなるまいよ）

床入りを前にして、渡辺は鼻の下をだらしなく伸ばす。

最初から油断していたわけではない。

顔を合わせた当初は不審を抱き、もしやと疑いもした。

手段を選ぶことなく出世を遂げてきた渡辺には、少なからず人の恨みを買った自覚がある。この若後家は懸想していると偽って福兵衛を騙《だま》し、素性まで隠してご機嫌取りの人身御供《ひとみごくう》になりすました、刺客かもしれぬのだ――。

しかし、すべては取り越し苦労。

装いこそ武家女だが、帯前に懐剣は見当たらなかった。

仲居が茶を淹《い》れて立ち去るや押し倒し、口を吸いながら全身をまさぐってみたものの凶器など隠し持ってはおらず、髷に挿《さ》した櫛《くし》やかんざし、笄《こうがい》も持ち主の体付きと同様に華奢《きゃしゃ》な造りで、人を殺せるとは考えがたい。

何よりも、当人がまるで鍛えられていなかった。

たとえば渡辺の妻女は娘時分から武芸の鍛錬に熱中しており、腕も脚も太くてごついが、この若後家はあくまで華奢。足の裏まで撫《な》でてみたが柔らかく、近頃は指を伸ばすことさえ嫌になってきた、かちかちの妻の大足とはまるで違う。

そうやって渡辺にあちこち触られても、女は嫌がりはしなかった。

白い頬を染めながらも逆らわず、為されるがままにしていた。

どこを取っても妻とは比べるべくもない、上玉であった。

(出世のためには致し方なき縁組だったが……願わくば、こうしたおなごを嫁に迎えたかったものぞ……)

でれっと鼻の下を伸ばしたまま、渡辺は窓辺から離れる。

花火もそろそろ終いだが、見物などはどうでもいい。

すでに女は床に入り、顔を夜着《よぎ》で隠していた。

露《あら》わにしているのは、箱枕に載せた頭のみ。

「参るぞ」

傍らに膝を突き、渡辺はおもむろに夜着をまくる。

次の瞬間、にやついていた顔が強張《こわば》った。

「うっ⁉」

脾腹《ひばら》に突き立てられたのは、懐剣よりも長めの小太刀《こだち》。あらかじめ布団の下に隠していた抜き身を手にするや、迷わず刺したのだ。

まさか、この華奢な若後家が本当に刺客だったとは――。

「お、おのれ」

渡辺はわななきながら、懸命に腕を伸ばしていく。

しかし、華奢な手首を締め上げるには至らなかった。

女は襦袢一枚の姿で眉ひとつ動かさず、ぐいと小太刀に捻《ひね》りを加える。

「！」

ひゅるひゅるひゅるひゅるひゅるひゅる……。

どどーん、ぱぱぱっ……。

苦悶《くもん》に顔を歪《ゆが》めたまま、渡辺が布団に倒れ伏す。

断末魔の悲鳴は、盛大に上がった締めの花火の音に掻《か》き消されていた。

事を終えた女は、速やかに後の始末をした。

あらかじめ仲居に持って来させておいた盥《たらい》に手ぬぐいを浸して絞り、まずは顔と体に飛んだ血を拭き取る。

部屋に案内して早々に水を汲まされた仲居も、まさか後で人を殺し、返り血を落とすための備えだったとは、思ってもいないだろう。

血の痕《あと》が残った肌襦袢は、帰宅してから密かに焼き捨ててしまえばいい。後は髪飾りを直して着物をまとい、何事もなかったかのように立ち去るのみだ。

「お前さま、憎き渡辺三蔵を仕留めましたよ……」

切なげにつぶやきながら、女は鞘《さや》に納めた得物《えもの》を後ろ腰に差す。

元禄風の水木《みずき》結びにした帯の端を長く垂らし、いざというとき抜きやすいように、柄《つか》を下に向けて挟んだ小太刀を巧みに隠していた。帯の端には重りが縫い込んであるので、誤ってまくれる恐れもなかった。

懐剣の如く帯前に差さないのは長すぎるせいでもあるが、何よりも丸腰と見せかけて、相手を油断させるのが狙い。

体じゅうをまさぐらせたのも、警戒を解かせるための策だった。

もちろんおぞましい限りであり、亡き夫の霊に見られていると思えば、恥ずかしさの余りに舌を噛みたくなってしまう。

だが、今は死ぬにはまだ早い。

本懐を遂げるためには、何事も辛抱せざるを得ないのだ。

今宵も操《みさお》だけは何とか守り、三人目の仇《かたき》を仕留めることができたのだから良しとすべきだろう。

「これで残るは二人のみ……。お前さま、お義母《かあ》さま、今少しでご無念を晴らすことが叶《かな》いまする。事が成就しました暁にはすぐさまお側に参ります故、どうかお力をお貸しくださいまし……」

今一度つぶやくと、女は立ち上がって障子を開ける。

息絶えた渡辺を布団に寝かせて夜着でくるみ、仲居に部屋を覗《のぞ》かれても異変が起きたとすぐには分からぬように、屏風《びょうぶ》を巡らせておくのを忘れなかった。

四

女は何食わぬ顔で廊下に出ると、階段を下っていく。

と、階下に茶屋の女将が姿を見せた。

顎《あご》の下の肉がたるんだ、中年太りの女である。

出くわしたからといって、何も慌てるには及ばない。

逢い引きを終えた男女が時間をずらして帰るのは、よくあることだ。世を忍ぶ仲であれば尚のこと、表で見張られているのを警戒しなくてはなるまい。密会に部屋を提供する側の女将は、そんなことには慣れている。こたびも声を掛けることなく、無言で軽く一礼したのみだった。応じて、女も会釈を返す。

と、後ろ腰から小太刀が抜け落ちた。

鞘ぐるみのままならば、護身用とごまかすこともできただろう。しかし不覚にも鯉口《こいぐち》が緩んでおり、鞘走ってしまったのだ。階段で物を落とせば、何であれ急には止まってくれない。

「きゃっ！」

女将が悲鳴を上げて立ちすくむ。

抜き身の小太刀が目の前に転がり落ちてきたとなれば、無理もあるまい。ぶるぶる震える手燭《てしょく》の灯《ひ》が、ぎらつく刃を照らしていた。

ざっと拭っただけの刀身は、完全に血脂《ちあぶら》が落ちていなかった。

まさか逢い引きの相手を刺し殺したとは即座に思わぬまでも、華奢な外見に似合わぬ代物《しろもの》を持っているというだけで、そもそも怪しい。

女は小走りに階段を駆け下りた。

小太刀を拾いざま、ぶんと柄頭《つかがしら》を一閃《いっせん》させて当て身を見舞う。

「うっ」

みぞおちを一撃された女将は、たちまち白目を剝《む》いて崩れ落ちる。

「お、女将さんっ」

慌てた声が横から聞こえてきた。

女が血走った目を向けた先に立っていたのは、茶屋の男衆《おとこしゅう》だった。

一応は奉公人らしく前掛けなど締めているが、本来の仕事は仲居がこなす雑用ではなく、行き過ぎた揉《も》め事を起こした客を鎮《しず》めること。

見るからに腕っ節の強そうな男衆は肩をいからせ、間合いを詰めてきた。

「お客さん、こいつぁどういう料簡《りょうけん》ですかい？　事と次第じゃ、ちょいと番屋までご一緒願いますぜ」

女はもはや、客と見なされていなかった。

この状況では、帳場荒らしでもするために女将を失神させたと受け取られても仕方あるまい。

だっと女は踵を返した。

「ま、待ちやがれ！」

すかさず摑《つか》みかかってきたのをかわしざま、足払いを喰らわせる。

どっと尻餅《しりもち》を突きながらも、頭まで打ち付けはしなかった。

「おーい！　誰か来てくれー!!」

助けを求める声に背を向け、女は駆ける。

思わぬことになってしまった。

「何の騒ぎでございましょうか、お前さま」

「ん？」

鶴子に袖を引っ張られ、早見は目を凝らした。

花火見物を終えて引き上げていく人々を掻き分け、いかつい男たちが表通りを駆け抜けていく。辰巳屋の男衆だけではなく、六尺棒《ろくしやくぼう》を手にした自身番まで加わっていた。

「ふざけやがって、盗っ人め！」

「おいおい、盗っ人じゃなくて人殺しだろうが？」

いきり立つ男衆の言葉を訂正しつつ、自身番は不敵につぶやいた。

「少々腕が立つって言っても、しょせんは女一人なんだろ？　八丁堀なんぞ待たねぇで、ひとつ俺たちでとっ捕まえてやろうじゃねぇか」

「そうだ！　そうだ!!」

「へっ、ふん捕《づか》まえて正体を暴いてやろうぜ」

「もしもお旗本殺しの下手人《げしゅにん》だったら、こいつぁ大手柄だぜ！」

「大川へ逃げたに違《ちげ》えねぇ！　船を出せ、船を!!」

自信満々の自身番に煽られて、男衆は口々に言い放つ。

そこに早見が割って入った。

「おめーら、旗本殺しがどうしたって？」

「は、八丁堀の旦那ですかい」

早見を一目見るなり、顔を強張らせたのは自身番。

顔までは知らずとも、風体を見れば何者なのかはすぐに分かる。

気勢を上げていた男衆も、黙らざるを得なかった。

「吟味方の早見兵馬だ。ちょうど花火見物に来てたんだが、渡りに船だったたな」

一同をにやりと見返し、早見は言った。

「知らせをやったんなら本所《ほんじょ》方の連中もおっつけ駆け付けるだろうが、それまで俺が仕切らせてもらうぜ。構わねぇよな」

「へいっ」

「よろしくお願い申し上げやす」

自身番と男衆は一も二も無く、神妙に頭を下げる。

小銀杏髷から町方役人と察しただけで、素直に従ったわけではない。

貫禄十分の早見に逆らいきれず、やむなく受け入れたのだ。

大川を挟んだ対岸に位置する深川と本所一帯は、町奉行所の目がなかなか行き届きにくいため、江戸城下にも増して町人たちによる自警が進んでいる。本所方と呼ばれる与力と同心が一応は管轄しているものの、頼りにせずに始末を付けて事後報告だけをするのが習いであり、腕っ節の強い連中が揃っていた。

しかし自身番も男衆も、一人として早見には敵《かな》いそうにない。

同じ与力でも、やる気のない本所方とは大違いだった。

「俺が番所に詰めて指揮を執《と》るからよ、まずは案内《あない》してくんな」

「承知しやした。ですけど旦那、お坊ちゃんが……」

「ああ、すまねぇがちっとだけ待っててくれるかい」

自身番に一言告げると、早見は肩車をされたまま眠っていた辰馬を下ろす。

「ほら、もう帰《けえ》るぞ」

「ちちうえー」

「お利口にしな。父上はこれから大事な御用があるんだから、な？」

寝ぼけた息子を立たせてやりながら、傍らの鶴子に告げる。

「聞いてのとおりだ。辰馬を連れて、先に屋敷に戻っててくれるかい」

「はい」

「帰りは遅くなるけど心配《しんぺえ》いらねぇから、戸締まりをして寝てくんな」

「しかと心得ました。さればお前さま、お気を付けて！」

答える鶴子の声は、きりっと凜々《りり》しい。つい今し方まで浸っていた甘い気分を振り払い、与力の妻らしく振る舞っていた。

「頼んだぜ」

一声告げ置き、早見は男たちを引き連れて駆け出す。

内勤の与力と思えぬ手慣れた態度は、かねてより町中で事件に出くわすたびに同様にしていればこそだった。

影の御用で悪党を斬るばかりでなく、表の役目においても力を尽くす。

日頃から左様に心得て、見て見ぬ振りをしないのだ。

旗本殺しと聞かされては尚のこと、放っておくわけにはいかなかった。

あれほど多かった人の波が、引き潮の如く消えていく。

与七に留守番をさせていた倹飩屋の親爺も、頬を腫《は》らして戻ってきた。

「よぉ、遅くまで済まなかったな」

「いや、別に構わねぇけどよ」

洗い物をしていた手を止めて、与七は親爺を見やった。

「どうした、とっつぁん。見物人と喧嘩でもしたのかい」

「いや……ちょいと出来心を起こしちまったのが、仇《あだ》になってなぁ」

親爺は苦笑しながら、甕《かめ》から汲んだ水で手ぬぐいを濡らして絞《しぼ》る。

連れて出た小女が見当たらないことから察するに、花火見物中に尻でも撫でて一発喰らったのだろう。

あるいは店へ戻る途中に、辰巳屋に連れ込もうとしたのか。

野暮な詮索《せんさく》をすることなく、与七は洗い物を手早く済ませた。

濡れた手を拭き、懐に手を入れる。

「おい、おい。留守番させちまったのに受け取れねぇよ」

「そうはいくめぇ。気持ちだけでも置いていくさね」

やんわり告げつつ、与七は巾着《きんちゃく》から出した銭を親爺に握らせる。堪能《たんのう》させてもらった酒と肴の仕入れ値にはなるだろうと、見当を付けた額だった。

この煤《すす》けた倹飩屋は、与七にとって居心地のいい場所。親爺が商売を怠けて女を口説くのは勝手だが、できれば潰れてほしくはないものだ。

「また来るぜ、とっつぁん」

背中越しに一言告げると、与七は店の表に出た。

通りが何やら騒がしい。

花火が終わって暗くなった道を、一団の男が駆け抜けていく。

「あのアマ、どこに逃げやがった！」

「いいから旦那のお下知《げち》どおり、近場をしらみつぶしに見て回るんだ！」

自身番に加えて辰巳屋の男衆と思《おぼ》しき、いかつい面構《つらがま》えをした連中までもが目を血走らせ、走り回っている。

何か事が起きたらしいが、もとより首を突っ込むつもりはない。

去り行く一団を見送って、与七は再び歩き出す。

嫌な過去に想いを馳せながらでも、悪酔いはしていない。

鋭く勘が働いたのも、酒量を心得て飲んでいたからこそだった。

「追われてなさるのはお前さんですかい」

問いかけた相手は、路傍に置かれた天水桶《てんすいおけ》。

陰に隠れた、不審な女の気配を感じ取ったのだ。

女が無言で立ち上がった。

返事をするどころか、真っ直ぐに向かってくる。

「おっと、危ねぇ」

小太刀を抜こうとしたのを片手で押さえ、与七は女の肩を抱きかかえた。

らしからぬ行動を取ったのは、立ち去ったはずの男衆が戻ってくる足音を耳にしたが故であった。

「ぶ、無礼者っ！」

「そのまま、そのまま。騒ぐとお前さんのためになりませんぜ」

暴れるのを宥《なだ》めつつ、与七はぎゅっと女を抱え込む。

嫌がる女に絡む、酔っ払いにしか見えぬ振る舞いだった。

自身番が一緒なのだから役目上、咎《とが》められてもおかしくない。

だが男たちは誰もが皆、逃げた女のことしか眼中にない。まさか通りすがりの酔っ払いに不埒《ふらち》を働かれているのがその女だとは、思ってもいなかった。

「どけ、どけ！」

「邪魔なんだよ、若造が！」

与七を女ともども突き飛ばし、男衆は駆け去る。

「もういいですぜ。変なとこを触っちまって、すみやせんでした」

そっと女から手を離し、与七は言った。

「そうだ。おせっかいついでに、ひとつ教えて差し上げやしょう」

無言で見返す女に、淡々と続けて語る。

「何があったかは存じやせんが、こそこそ逃げたり隠れようとするほど追いつかれるし、怪しまれもするもんでさ。次からは来合わせた男を捕まえて、あっしが今やったみてぇにさせるとよろしいですぜ」

「それでは、貴方さまは私が追われているのをご承知の上で……？」

「なーに、ちょいと酒に飲まれての、気まぐれでござんすよ」

ずばりと指摘をされて驚く女に、与七は微笑み返す。

助けられた女ならずとも、戸惑わずにいられれぬ素振りだった。

「深酔いをされておられるようには見えませぬが……」

「まぁ、そういうことにしておきなせぇまし」

「な、何とお礼を申せばよろしいのやら……」

「その先の寺町を抜ければ仙台堀《せんだいぼり》に出やす。花火見物の船もあらかた戻ったとこでしょうから、手近な船宿で一艘仕立ててお帰りなさるがよろしいですぜ」

今一度微笑みかけると、与七は歩き出す。

「お、お待ちを」

「安心しなせぇ。そちらが話したくねぇことを無理に訊《き》いたりしやせんよ」

「あの、お名前だけでも……」

「ご免くださいまし」

背中越しに別れを告げて、与七は飄々《ひょうひょう》と去っていく。

酒に飲まれたと言ったのは偽《いつわ》りでも、気まぐれなのは本当だった。

幾ら女が嫌いでも、多勢に無勢でいたぶられるのは見ていられぬし、あの女《ひと》は外道の類《たぐ》いとは思えない。

誰かを手に掛けたのにも、しかるべき理由があるのだろう。

人を殺してきたのは血の臭い、そして華奢な体を強張らせていることからすぐに察しが付いた。

影の御用を手伝ってはいるものの、与七は町方役人には非《あら》ざる身だ。すべての事件に首を突っ込む義理はない。

新平が一緒ならば岡っ引きとして放っては置かなかっただろうし、そうなれば与七も手を貸さざるを得まいが、今宵の新平はおふゆに花火見物に連れ出されており、それどころではなかった。

（運が良かったでござんすねぇ）

胸の内でつぶやきながら、与七はご機嫌に歩を進める。

永代橋まで来たときに、ふと気付いた。

驚いたことに、吐き気ひとつ催していない。

日頃から八州屋で万引き女を捕らえるとき、腕を摑《つか》むのさえ実を明かせば嫌だというのに、よりによって固く抱き締めた後なのだ。

（どういうこったい、こいつぁ……）

人気《ひとけ》の絶えた橋の袂に立ち止まり、与七はしげしげと両手を見つめる。

我ながら、不思議な限りであった。

その頃、女は仙台堀まで無事に辿《たど》り着いていた。

迷うことなく向かった先は、船宿が軒を連ねる堀沿いの一角。あらかじめ花火が終わるのを見計らい、船を借りる手配をしておいたのだ。

船宿の二階では若い女中が一人、落ち着かぬ様子で待っていた。

「待たせましたね、おけい」

「お菊《きく》さま!」

階段を昇ってきたのを見るなり、女中は駆け寄る。

「お戻りが遅いので案じておりました。いっそお迎えに参ろうかと……」

「大事ない、大事ありませんよ」

涙ながらにすがりつくのを抱きとめて、お菊と呼ばれた女は微笑む。

微笑ましい光景だった。

主従の間柄ながら、仲のいい姉妹を思わせる。

されど年嵩《としかさ》らしく、おけいと呼ばれた女中は気丈。

水茶屋での顚末《てんまつ》を聞かされても、狼狽《うろた》えはしなかった。

「その助けてくれた男とやらに、後をつけられはしませんでしたか?」

「大事はないと申したでありましょう。ただの親切なお人ですよ」

「他人を迂闊《うかつ》に信じてはなりませぬよ、お菊さま」

おけいはすかさず釘を刺した。

「まして貴女《あなた》さまは意趣返しを終えられるまで、死ぬに死ねない大事なお体……私と叔父上さまの他の輩《やから》に、ゆめゆめお心を許してはいけません」

「分かっております。心配をかけてすみませんね」

「こちらこそ、出過ぎたことを申しましたがご容赦《ようしゃ》くださいまし」

うやうやしく一礼すると、おけいは用意の風呂敷包みを拡げた。

「それでは、いつものお支度《したく》を」

取り出したのは、白装束と白い襦袢《ジュバン》。

おけいがまとっているのと同じ、喪服の一式である。

お菊は手早く装いを改め、おけいはあるじが脱いだ着物を風呂敷に包む。

風呂敷の他に、おけいは一張りの提灯《ちょうちん》を用意していた。

「お先に失礼しますね、お菊さま」

おけいは先に階下へ降り、待っていた船頭から付け木を借りて火を入れる。

ぽっと灯《とも》った蠟燭《ろうそく》の炎に、階段を下ってくるお菊の姿が浮かび上がった。

「へぇ……ほんとに別嬪《べっぴん》さんでござんすねぇ」

若い船頭が無礼と承知で生唾《なまつば》を飲み込んだのも、無理はあるまい。

喪服をまとったお菊のたたずまいは、凄艶《せいえん》な美しさを感じさせて止まない。本来は華やかな雰囲気の持ち主なればこそ、白装束も映えるのだ。

「さ、参りましょう」

先に立つおけいは幸薄く、物憂げな顔立ちをしていた。造作は整っているものの漂わせる雰囲気には翳《かげ》りがあり、喪服姿で提灯を手にした様は死者を案内する、冥界《めいかい》からの使いのように見えた。

そんな主従の二人を乗せて、猪牙は仙台堀から大川に出る。おけいが掲げる提灯に描かれていたのは、大輪の牡丹《ぼたん》の花。奇異な限りの眺めであったが、心付けを弾んでもらった船頭はもはや無駄口を叩くことなく、速やかに船を進めていく。

広い川面《かわも》を渡っていくのを見咎《みとが》める者は、誰もいなかった。

五

翌朝早々から、北町奉行所による辰巳屋の検証が行われた。

逃げた女を捕らえることこそ残念ながら叶わなかったものの、早見兵馬が的確に指示を出し、現場を保存してくれたのは幸いだった。

検屍《けんし》を任されたのは彩香《あやか》である。

変色した亡骸に残された、刺し傷の痕《あと》が生々しい。

彩香は眉ひとつ動かすことなく傷口に触れ、慎重な手付きで深さを確かめる。

立ち会いに訪れた本所方の同心は渡辺の亡骸などそっちのけで、十徳《じっとく》の襟から覗いた白いうなじに見惚《みと》れている。

と、彩香が背中を向けたまま告げてきた。

「聞き書きをお願いできますか。指先が血脂《ちあぶら》で汚れてしまいましたので」

「そ、それはいかんな先生。白魚《しらうお》の如き指がそれでは台無しぞ」

「お手数をおかけしますが、よしなにお頼み申します」

「うむ、うむ。何でも申し付けてくれ」

彩香が助平同心をやり込めず、上手《うま》く乗せて働かせたのは依田のため。

直参旗本に関わる事件は、目付の管轄である。

町奉行所による初動の調べがいい加減では、依田に文句が行ってしまう。現場の同心に手抜きをしてもらっては困るのだ。

彩香の期待に違《たが》わず、同心は張り切って検屍の記録を始めた。

「小太刀で一突き……これまでと同じ手口だな」

つぶやきながら、同心は筆を舐《な》める。

その背中が、いきなりどやしつけられた。

彩香ではない。座敷に踏み込んできた、羽織袴の武士の仕業《しわざ》だった。

「何をもっともらしく言いおるか、不浄役人め」

「こ、これはご無礼をつかまつった」

顔を墨だらけにされながら、同心が逆に謝《こび》ったのも無理はあるまい。

遅れて現場にやって来たのは、二人組の小人目付。

十五俵一人扶持《ぶち》と禄高こそ少ないが、町方与力と同心を含む直参旗本と御家人の行状《ぎょうじょう》を監察し、罪を問う権限を有する厄介《やっかい》な手合いである。文句を言えば上役の徒目付《かち》に報告され、どんなお咎めを喰らうか分かったものではない。

まだ若造のくせに、小人目付の態度は彩香に対しても横柄《おうへい》そのものであった。

「狙い澄まして小太刀にて脾腹を一突きにせし手口から察するに、同衾《どうきん》せし女人《にょにん》の仕業と見なされ候……ふん、そのぐらいのことならば、我らも疾《と》うに当たりを付けておるわ」

奪い取った調べ書きを同心に投げ返し、小人目付は苛立《いらだ》たしげに問うてきた。

「先生にお調べ願いたきは慮外者《りょがいもの》が旗本のお歴々に手を下せし、その理由であると過日も申し付けたはずぞ。埒もないことばかり口述させて、何といたすのか」

「このような積み重ねが大事なのでございますよ、御小人目付さま」

臆することなく相手を見返し、彩香は言った。

「私は北のお奉行のお申し付けにより、亡骸《なきがら》を検《あらた》めるのが役目。そこから先は御目付筋にて、しかとご判じになられたほうがよろしいのではありませぬか」

「左様なことは言われるまでもない。おぬしはただ、医者としての見立てを有り体《てい》に申せば良いのだ」

「では、そのようにさせていただきますのでお聞きください」

ムッとするのを軽くいなし、彩香は語り始めた。

「そも、おなごの身で小太刀を用いしは何故《なにゆえ》と思われますか」

「それは腕に覚えがある故に懐剣では物足りず、間違いのう命を絶つには、より長き得物のほうが有利と考えおったのであろう。察するに、小太刀の術を学び修めし武家女ではないのか」

「そのとおりでございます。されば何故に、その武家女がお旗本を手に掛けたのか……たしか御小人目付さまは二度目の検屍に立ち会われし折、凌辱《りょうじょく》されて逆上せし故のことではないかと申しておられましたね」

「うむ。懐中物に一切手を付けておらぬ以上、物盗りとは考えられぬからの。徒目付さまにも、そのように報告済みぞ」

「まぁ、もうお耳に入れられたのですか？　そんなお粗末なお見立てを？」

彩香は目を丸くして見せた。

「な、何を言うか、無礼者め」

たちまち小人目付はいきり立つ。

しかし、続く指摘には言い返せなかった。

「だってそうでありましょう。ご立派なお旗本を漁色漢《ぎょしょくかん》と決め付け、事も有ろうにおなごを無理無体に犯したと決め付けなさるとは、言っていいことと悪いことがございましょう。下手をいたさば御城中にて、御目付さまがご老中にお叱りを受けられるやもしれませぬよ。早々にご報告申し上げ、訂正なさったほうがよろしいかと存じます」

「さ、されば下手人は無体をされてはおらぬと申すのか」

「はい」

余裕の笑みを返しつつ、彩香は膝を揃えて座る。

手を伸ばした先は、亡骸の股ぐら。

「さぁ、しかとお検めをなさいませ」

澄ました顔で告げながら、そっと褌《ふんどし》をずらして見せる。

「ご覧のとおり、下帯を締めたままにて果てておいでにございます。嫌がるおなごに無体を働き、存分に気を遣《や》られた後ならば、汚れておるのはお布団のはずでありましょう？」

己の言葉を裏付けるかの如く、彩香は視線を転じる。布団に見出されるのは血の痕だけで、その他の体液は一切染《し》み付いていなかった。

「ふっ、顔色ひとつ変えずに大したものだな……」

廊下で聞き耳を立てていた神谷十郎は、苦笑交じりにつぶやく。

傍らの小関孫兵衛も、笑いを堪《こら》えるのに懸命だった。

依田に応援を命じられ、彩香が小人目付に難癖を付けられたときはさりげなく割って入るように申し付けられていたのだが、どうやら出番はなさそうである。

案の定、小人目付は二の句が継げずにいる。

彩香に何を言ったところで、自分が恥をかかされるだけと気付いたのだ。

威厳を保つべく、矛先《ほこさき》を向けた相手は神谷と小関。

「そろそろ引き取ってもらおうか、おぬしたち」

憤然《ふんぜん》と廊下に出てくるなり、告げる口調は横柄そのもの。

「おや、もうお手伝いをいたさずともよろしいのか」

「くどいぞ、不浄役人め。早々に立ち去れい！」

彩香にやり込められた腹いせに、小人目付は神谷を睨《にら》み付ける。

「分かっておろうが、こたびの件は我ら目付筋の預かりぞ。下知なき限り、みだりに調べて回ることは相成らぬ。分かっておるな」

「へい。もとより承知の上でござんすよ」

代わって返事をしたのは小関。

若い相手を、あからさまに舐めていた。

「これ、士分が伝法《でんぽう》な言葉遣いをいたすでないわ」

「お生憎《あいにく》と、これが町方御用の流儀ってもんでござんしてね」

難癖を付けられても平気の平左《へいざ》、小関は涼しい顔で受け流す。

「お前さんがたみてぇに左様しからばなんて堅っ苦しい物言いをしてたんじゃ、町の衆が打ち解けちゃくれねぇんでさ」

「うぬっ、言わせておけば！」

「止《や》めておけ。木《こ》っ端《ぱ》役人どものごたくなど聞くだけ無駄ぞ」

間に割って入ったのは、同行していた年嵩の小人目付。

「すみやせんね。それじゃ、どなたさんも御免くださいまし」

頃や良しと見て、小関はぺこりと頭を下げる。

「失礼いたす」

すかさず神谷も後に続いた。

すでに彩香は手を洗い、帰り支度を調《ととの》えていた。

「それでは私も失礼つかまつります」

「えっ、先生は残ってくださるんじゃないんですか⁉」

たちまち慌て出したのは、一人残された本所方の助平同心。

もとより怠け者で役立たずの神谷と小関はどうでもいいが、彩香に居てもらわなくては、自分だけ責められてしまうからだ。

しかも三人は代わる代わる、若いほうの小人目付を焚《た》き付けている。

何を言われるのかと思うだけでも、空恐ろしい。

「もう少し居てくださいよ、先生～」

同心は哀れっぽい声を上げる。

しかし、彩香はあくまで素《そ》っ気《け》ない。

「お奉行さまに呼ばれておりますので……すみませぬが後はよしなに」

「そ、そんな」

天井を仰いで嘆くのを意に介さず、彩香は座敷を後にする。

先に出て行った神谷と小関は、表で待っていてくれた。

「おかげで溜飲《りゅういん》が下がったぞ、先生」

「へっ、いい気味だぜ」

笑顔の二人に、彩香は黙って頷《うなず》き返す。

小人目付の傲慢《ごうまん》さに日頃から腹を立てていたのは、彼女も同じ。

怒らせた後の対応は、あの助平同心に任せておけばいいだろう。

それよりも気懸かりなのは、下手人の正体だった。

「おやじどのは何と見るか」

「先生のお見立てどおりの、武家女に違いあるめぇ」

永代橋に向かって歩きながら、神谷と小関は言葉を交わした。

「それにしても、凝った七方出《しちほうで》をするものだな……」

神谷のつぶやきは、町奉行所に寄せられた情報を踏まえたものだった。

旗本殺しが起きた晩には必ず、江戸市中に喪服姿の女の二人連れが現れる。

しかも現場の周囲に限らず、市中のあちこちで目撃されたというのだから尋常なことではなかった。

「まさか物の怪じゃあるめぇし、そいつらは十中八九、仕込みだろうよ」

「うむ……」

小関のつぶやきに、言葉少なに神谷は頷く。

裏を取るため、すでに二人は市中の大道芸人たちを当たっていた。まだ確証は得られていないが、変装などお手の物の連中に金をばらまき、調べを攪乱《かくらん》させているとすれば下手人はよほど懐《ふところ》が豊かと見なすべきだろう。

殺害された旗本たちが所持金を一切奪われていないことからも、金に困っての犯行でないのは明らかだった。

「それにしても、男どもを取り殺して回る女連れたぁ、ぞっとしねぇや……くわばら、くわばら」

「まるで麗卿《れいけい》と金蓮《きんれん》でございますね」

小関のぼやきに応じて、彩香がつぶやく。

「おや、先生は『牡丹燈記《ぼたんとうき》』をご存じなんですかい？」

「はい。父が漢籍を好んでおりましたので……。その話が入っております『剪燈《せんとう》新話《しんわ》』も書棚より持ち出しては、妹と読みふけっておりました」

「あんなおっかねぇ話を、ですかい？」

「あら、おなごはああしたものが存外に好きなのですよ」

驚く小関に、にこりと彩香は微笑み返す。

話題にしていたのは、唐土《もろこし》に伝わる怪談。

小関が挙げた『牡丹燈記』とは、明治の世に三遊亭圓朝《さんゆうていえんちょう》が発表した『牡丹燈《どう》籠《ろう》』の題材となった、明《みん》代の怪異小説集『剪燈新話』中の一編である。

「麗卿は死しても淫をむさぼる、生きてあらば尚さらならん……か。まことに物の怪の仕業ならば、それはそれで厄介ぞ……」

永代橋を渡りながら、ぼそりと神谷はつぶやく。

古《いにしえ》の怪談の如く、男たちの命を奪って回る目的は一体何なのか。

黙々と歩を進める三人は、姿なき下手人の真意を測《はか》りかねるばかりであった。

六

依田政次が影御用の配下に招集をかけたのは、その日の夜更けのことだった。

「こたびは上様よりのご下命《かめい》ではないのだがな、どうあってもおぬしたちの手を借りたいのだ」

前置きをして持ち出したのは、旗本殺しの一件。

「目付衆も相当に手を焼いておるらしい……恥も外聞もなく、手伝《てつど》うてほしいと正式に申し入れて参ったよ」

「ほんとですかい？」

「うむ。おぬしたちにしてみれば、溜飲の下がる話であろう」

驚く小関と神谷、そして彩香を順繰りに見返して、依田は微笑む。

しかし、いつまでも笑ってはいられない。

「このまま埒《らち》が明かぬとあれば、事は公儀の威信に関わる。何としても下手人を捕らえ、極刑に処さねばなるまい」

「御城中でも憂慮《ゆうりよ》されてるってことですかい、お奉行？」

「左様。上様のお耳に入らぬように、田沼めが気を遣《つこ》うておるがな」

「へっ、主殿頭さまもお気の小さいこって……いっそ影の御用にしてくださりゃ俺らもやる気が違うってのにねぇ」

「左様なことを申すでない、小関」

依田は言った。

「田沼の思惑はどうあれ、儂《わし》はこたびの一件を表立って裁きたいのだ。空《むな》しゅうされし平側衆どもにも、調べの手を入れたいのでな」

かねてより、依田はこの事件には裏があると見なしていた。

小納戸あがりの御側衆ばかりが三人続けて殺害されたのは偶然ではなく、何か理由があってのことではないのか。

あるいは彼らの上役に当たる、田沼意次が関与しているのかもしれない。

そうだとすれば、これは田沼を叩く好機と言えよう。

「喜んでお手伝いをさせていただきます」

おもむろに申し出た彩香は、依田の真意をかねてより承知の上。男女の仲でもあるだけに、思うところは他の仲間たちより深く理解できていた。

そんな彩香に続き、名乗りを上げたのは同席していた新平だった。

「ぜひ私にもお任せくださいまし、お奉行さま！」

「安請け合いはいけませんぜ、若旦那」

「いいから、いいから。お前も当てにしているよ」

与七が止めるのも意に介さず、新平は言った。

「まずは神谷さまと小関さまがお調べ中の、大道芸人の線を手繰《たぐ》ってみることにいたしませんか」

「何とする気か、おぬし」

「なーに、容易《たやす》いことですよ」

案じ顔で口を挟んだ神谷に新平はにっこり微笑み返し、話を続ける。

「お旗本殺しの下手人が派手に金をばらまいて、芸人衆に目くらましをさせてるのは今までのお調べで当たりが付いております。相手が金ずくで悪事を働いてるのなら、こっちが上を行く散財をすりゃいいんですよ」

「成る程のう。金で動く者たちは、より多き金に転ぶ……か」

依田が得心《とくしん》した様子で頷いた。

八州屋の財力は、影御用の力強い後ろ盾。

役に立ってくれると言うのであれば、もとより否やはない。

それに、新平はただの馬鹿旦那とは違う。

捕物好きが高じて神谷の岡っ引きになっただけあって、時として早見たちにも思いつかぬ奇策を考え付く。

こたびも満を持して、意外なことを持ちかけてきた。

「それでも埒が明かなけりゃ、もう一手打ちましょう」

「何といたす所存なのだ、新平」

「どこか寺を借り切って『牡丹燈記』の肝試《きもだめ》しを催《もよお》すってのはどうでしょうか」

「肝試しとな」

「江戸じゅうの芸人に、一番上手に成り切った者に八州屋から褒美《ほうび》が出るよって呼びかけるんですよ。そんな話が市中に広まれば、下手人の女たちはどうすると思いますか、お奉行さま」

「麗卿と金蓮を気取ることに何か意味があるならば、さぞ立腹するであろうな」

「そうでしょう、そうでしょう」

わが意を得たりとばかりに新平は言った。

「私がその女たちだったら、きっと仕返しをするでしょうね」

「ふざけた催しをしたおぬしに、ということか？」

「はい」

「おぬし、自らを的《まと》にして誘い出す所存か」

「お任せください、お奉行さま」

「おいおい新の字、無茶を言うない」

小関が慌てて口を挟む。

「相手は色仕掛けをした上のこととはいえ、二本差しを三人も手に掛けやがった腕利きなのだぜ。ひょろっこいお前さんが太刀打ちできると思ってんのかい」

「なーに、大事はありませんよ」

動じることなく新平は答えた。

「こっちには与七って心強い味方が居りますからね。どれほど腕が立つのか知りませんが、取り押さえてもらうのは簡単ですよ。そうだね、与七？」

「はぁ……」

「どうしたんだい、お前らしくもない素振りだね」

「お前さんの考えに呆《あき》れてんだろ。そんなことも分からねぇのかい」

黙り込んでしまった与七を庇《かば》い、早見が言った。

「いいか新平、いつも金に飽かせて手を打ってくれるのは有難《ありがて》えが、もしもお前さんの身に万が一のことがあったらどうするんだ。八州屋の旦那とご新造さんはもとより姉さん夫婦だって、みんな嘆き悲しむことになるのだぜ」

「ですから与七に付いててもらうんですよ。この人の腕前は、早見さまも重々ご承知じゃありませんか」

「そりゃ、そうだけどよぉ……」

答えに詰まった早見は、気遣うように与七を見やる。

黙ったままでいるものの、明らかに気が進まぬ様子だった。

「おい、何でもかんでも手を貸すこたぁねぇのだぜ？」

そんな早見の言葉も、当の与七の耳に届いてはいない。

（お縄にされちまったら、間違いなく獄門晒《さら》し首だ……）

そのような目には、断じて遭わせたくない。

左様に思えばこそ、返事をできずにいたのである。

昨夜の状況から察するに、旗本殺しはあの女の仕業に違いあるまい。

理由はどうあれ罪深い所業であり、依田が影御用に非ざることで配下たちの手を借りてまで、捕らえようとするのも当然であった。

しかし、与七は手を貸す気にはなれない。

（若旦那にはすまねぇが、あのお人を助けてぇ……）

名も知らぬ武家女をどうして庇いたいのかは、自分でも分からなかった。

第二章　切なき片恋《かたこい》

一

早見の強硬な反対により、肝試しで敵を誘い出す話はご破算となった。

新平の奇策に依田も一度は興味を示したものの、影御用の配下たちでも筆頭の早見に異を唱えられては再考せざるを得ず、さらには神谷と小関、彩香まで難色を示したために、結局は見送られたのだった。

満を持した提案を却下され、新平がしょげ返ったのは言うまでもあるまい。

さすがの早見も、何の配慮もしないわけにはいかなかった。

「さっきはすまなかったなぁ、新平」

席を並べて詫びながら、燗酒《かんざけ》で杯を満たしてやる。

「旦那ぁ、ひどいですよ……」

酌を受けながらも、新平の顔色は冴えぬまま。

しかし、いつまでも落ち込んでいては座が白ける。

同じ部屋では神谷に彩香、与七もそれぞれお膳を前にして杯を傾けていた。

依田の密命を受けて北町奉行所を出た一同は、小関に誘われて八丁堀の組屋敷に立ち寄っていたのである。

「よぉ新の字、俺の酒も一杯《いっぺえ》どうだい」

徳利《とくり》をぶら提《さ》げ、小関がにじり寄ってきた。

釉薬《うわぐすり》が塗られた陶器の表面に、幾つもの水滴が浮いていた。

察するに、じっくり冷やした酒が入っているらしい。

天然の氷が将軍家への献上品にされるほど貴重だった江戸においても、飲み物や食べ物を冷やすことは可能だった。

冷蔵庫の代わりに活用されたのは、年中ひんやりしている井戸の底。酒や麦湯を詰めた大きめの貧乏徳利《びんぼうどくり》、あるいは真桑瓜《まくわうり》や西瓜《すいか》といった水菓子を縄で吊るしておけば程よく冷える。井戸が共用の長屋では他人に持って行かれる恐れもあるが、武家屋敷は一軒ごとに掘られているので問題ない。

あるじが下戸《げこ》で食いしん坊の小関家では、しっかり者の妻女の敏江《としえ》が水菓子を毎日欠かさず吊るす一方、夫が客人を連れてきたときのために、酒や麦湯を多めに冷やしておくのが常だった。

「こいつぁとっときの酒なんでな……器もいいやつにしといたぜ。ほら」

そう言って小関が新平に差し出したのは徳利と一対になっている、古びた萩焼《はぎやき》のぐい飲み。

「見事なものですねぇ」

新平は酌を受けるのも思わず忘れ、手にした器にしばし見入った。

同じ陶器でも、つるりとした瀬戸物とは与えられる印象がまるで違う。

白い表面のあちこちに染《し》みが付き、ひびが目立つ様は一見すると傷《いた》んでいるかのようであるが、それは長年に亘《わた》って大事に使われてきた証《あか》し。低温の窯《かま》で焼き上げた萩焼に独特の『七化《ななば》け』と呼ばれる変化であった。

と、新平は不思議そうに小関を見返す。

「たしか、小関さまは下戸のはずではありませんか？」

「へっ、手前《てめえ》で買ったわけじゃねぇさ」

苦笑交じりに小関は言った。

「このぐい飲みは俺が婿入りしたときにご先代……敏江さんの父親から譲られたものなんだよ。有難く頂戴するにはしたんだが、あいにくと俺《おら》ぁ酒を一滴も受け付けねぇ質《たち》だからなぁ……。そうは言っても、しまい込んだまんまじゃ宝の持ち腐れだし、寝しなに白湯《さゆ》を飲むのに毎晩使ってるのさ」

「成る程。それは善《よ》きお心がけですね」

新平は微笑《ほほえ》んだ。

「父がいつも言っております。書画も骨董も後生大事にしまい込んでおくばかりじゃ値打ちなんかありゃしない。どんどん人に見てもらい、とりわけ焼き物は手許に置いて使い込んでこそ、味が出るものだと……ご先代さまより受け継がれし逸品《いっぴん》、まことによう育っております」

「へっへっ、そんなこと言われたら照れるじゃねぇかい」

いかつい顔じゅうに笑みを浮かべて、小関は言った。

「お世辞はいいから、ほら」

「はい」

きちんと両の膝を揃え、新平は改めて小関から酌を受けた。

「ん？」

ぐい飲みを覗《のぞ》き込んだとたん、新平が怪訝《けげん》な面持ちになる。

注がれたのは飴色《あめいろ》をした、妙に濃い酒だった。

気にはなったが、今さら飲まぬわけにもいかない。

「いただきます」

一礼し、ぐい飲みを口許に運ぶ。

含んだとたん、舌全体が濃厚な甘みに包まれた。

「な、何ですか？　これは⁉」

思わず新平は声を上げる。

「ははは！　こりゃ可笑《おか》しいや」

横で見ていた早見はたちまち大爆笑。

期待どおりの反応に、小関もくすくす笑っている。

「こいつぁみりんだよ、新の字」

「みりんって……料理に使う、あれですか」

驚きながらもまじまじと、新平はぐい飲みを凝視する。

「安心しろい。別に毒じゃねぇんだからよ」

可笑しそうに見やりつつ、早見が言った。

「風味だってなかなかのもんだったろ、え？　改めて味わってみなよ」

「は、はい」

恐る恐る、新平はぐい飲みに口を付ける。

柑橘《かんきつ》類の果汁を思わせる、甘みと香りが堪《たま》らない。

とろりと甘いばかりでなく、酒の味も感じられる。

「どうだい新の字、イケるだろうが」

「はい……まことに甘露の如き味わいです」

「へへっ。そうだろう、そうだろう」

横から催促してきた早見にも注いでやりながら、小関がうそぶく。

「みりんと言っても生《き》のまんまじゃ甘いばかりだからなぁ。いい塩梅《あんばい》に焼酎《しょうちゅう》で割ってあるのよ」

「成る程……」

感心しながら、新平は一滴残らず飲み干した。

博識な新平がこの飲み物を知らなかったのも、無理はない。

本みりんを焼酎で割り、暑気払いに冷やして味わう風習が定着したのは徳川の世も後半に至ってからのこと。

江戸で本直《ほんなお》し、上方では柳蔭《やなぎかげ》と呼ばれて流行する以前は生のみりんが酒代わりに飲まれていたが、それでは甘みが強すぎるため、小関家では独自に焼酎割りにしているのである。

「ううん、見事なものですねぇ……これは酒屋に売り込んでも良い味ですよ」

お代わりを注いでもらいながら、新平は感心しきりだった。

「まさか、小関さまが思いつかれたのですか？」

「馬鹿野郎、下戸の俺がこんなもんを考え付くわけねぇだろうが」

一笑に付しつつ、小関は言った。

「うちじゃ料理も酒も、山の神にぜんぶ任せることになってるんだ。横から手ぇ出したら、大目玉を喰っちまうんでなぁ」

「何ですお前さま、人聞きの悪い」

そこにお盆を掲げて現れたのは、当の敏江。

見た目こそ地味だが料理上手な、小関の愛妻である。

家付き娘の高慢さを微塵《みじん》も感じさせない敏江は、面倒見のいい女人《にょにん》だった。

「さ、こちらでお口直しをなされませ」

そう言って早見と新平の前に置いた小鉢は塩ゆでした枝豆の殻《から》を剝《む》き、刻んだしょうがを利かせた一品。炊き込みご飯にするのと同じ取り合わせだが、濃いめの出汁《だし》と醬油《しょうゆ》で味付けすれば、本直しのような甘い酒にぴったりの肴《さかな》となる。

「おっ、こいつぁいいや」

「いただきます！」

早見と新平が嬉々《きき》として箸を伸ばすのを見届けて、敏江は腰を上げる。

続いて向かったのは、神谷と彩香の席だった。

「すみませんお内儀さま、お手伝いもいたさずに」

「いえ、いえ。どうぞお楽になさってくださいな」

腰を浮かせた彩香を押しとどめ、敏江は二人の膳に小鉢を置く。

「かたじけない、おふくろさま」

神谷が丁重《ていちょう》に頭を下げた。

「いつもお邪魔をさせてもろうて、相済まぬ」

「何ですか他人行儀な。子どもの頃からのお付き合いではありませぬか」

敏江はくすぐったそうに微笑んだ。

「年寄りの二人暮らしなれば、遠慮をするには及びませんよ。ゆるりとお過ごしなされませ」

「かたじけない……」

今一度礼をして、神谷は席を立った敏江を見送る。

元服前より早見ともども小関家に出入りをしている身にとって、敏江は近所の奥方にとどまらぬ親しい存在。実の両親が亡き今は尚のこと、そう思える。少年の頃から饒舌《じょうぜつ》な早見とは違って口数の少ない神谷に構いすぎず、適度に放っておいてくれるのも有難い。

と、彩香が徳利を向けてきた。

「どうぞ、神谷さま」

敏江が小鉢に添えて置いて行ってくれた、替えの徳利である。

入っていたのは、小関が新平に勧めたのと同じ本直しだった。

「頂戴いたす」

酌を受けた神谷はすかさず徳利を取り、彩香に向ける。

「まぁ、すみませんね」

「お気になさるな」

告げる神谷の口調は素《そ》っ気《け》ない。

敏江と言葉を交わしていたときとは違って、表情も硬かった。

仲間でありながら彩香にだけは、まだ信頼を預けるまでに至っていないのだ。

神谷が気がかりなのは、彼女が影の御用に進んで関わりを持った理由。

依田と人目を忍ぶ仲になったのも、狙いがあるように思えてならない。

一体、この女は何がしたいのか。

危険を承知で影御用に関わっているのは、いつの日か北町奉行と征夷大将軍の密かなつながりを暴き立て、脅すためではあるまいか——。

疑いすぎかと思いながらも、そんな懸念が頭から離れない。

なればこそ、余人と接するときにも増して素っ気ない態度を取りがちなのだ。

しかし、当の彩香は平気の平左。

「ああ、美味《おい》しい」

神谷が注いでやった本直しを味わいながら、涼しい顔でつぶやいている。

「……」

黙ったまま、神谷も杯に口を付ける。

舌を包み込む甘さも、張りつめた気をほぐす役には立たなかった。

そんな二人を尻目に、敏江が向かった先は与七の席。部屋の隅で独り黙々と杯を傾けているのを、先程から気に懸けていたのだ。

「召し上がっておられますか、与七さん」

「へ、へい」

与七は慌てて顔を上げ、崩していた膝を揃える。すぐ側《そば》に来て声を掛けられるまで、気が付かずにいたらしい。人一倍勘働きがいいはずなのに、珍しいことだった。

敢えて指摘せず、にこやかに敏江は語りかけた。

「何も遠慮をなさるには及びませんよ。ご酒《しゅ》が足りなければ言ってくだされ」

「お気持ちだけ有難く頂戴いたしやす。若旦那のお供をして帰らなきゃならねぇもんで、酔っ払っちまうわけにも参りませんので……」

「まぁ、相変わらず心がけのよろしいことですね」

「め、滅相もございやせん」

「そういうことだろうと思って、これを拵《こしら》えて参りました」

そっと取り出して握らせたのは、竹の皮の包み。

おひつに残っていた飯を握り、それぞれ味噌《みそ》と醤油を塗って炙《あぶ》った、小ぶりの焼きむすびが二つくるんであった。

「お店《たな》勤めでは夜中にお腹が空くでしょう？　屋台のおそばもよろしいでしょう

けど、今夜はこれで済ませなされ」

「そんな、お内儀さま」

「いつもお役目ご苦労さまです。さ、持ってお帰りなさい」

「あ、ありがとうございやす」

「どういたしまして」

にっこりと微笑み返し、敏江は立ち上がった。

一同が影の御用を遂行する立場なのを、彼女は知らない。

ただ、去る四月に着任した北町奉行の依田から何か特別な命令を受け、密かに動くようになったらしいことは、かねてより察しが付いていた。

夫と早見が無闇《むやみ》やたらと明るく振る舞い、逆に神谷が常にも増して暗い面持ちなのも、それぞれ人に明かせぬ葛藤を抱えていればこそなのだろう。

だからと言って、敏江は余計な詮索《せんさく》を一切せずにいる。

町方役人も武士である以上、主君や上役の命じることには逆らえない。

妻としては何も訊《き》かず、せめて家に居るときだけは、安心して過ごせるように努《つと》めるのみであった。

それとは別に、気がかりなのは与七である。

八州屋の手代として勤勉に働く一方、捕物好きが高じて岡っ引きになった新平のお目付け役として振り回され、何かと疲れがちなのは無理もあるまいが、今宵の態度はいつもと違う。

心ここにあらずといった様子で、しきりに思い詰めているのだ。

人がそんな態度を取る理由を、敏江はひとつしか知らなかった。

(恋でもしているのかしら……ううん、まさかねぇ)

首を振り振り、空いた器を下げた敏江は廊下を渡り行く。

座敷から小関たちの声が聞こえてくる。

「ほら新の字、グッとやれぃ」

「うーい……もう飲めませんよう、小関さまぁ……」

「おいおい、潰れちまったのかい？　それじゃおやじどの、俺が代わりに飲もうじゃねぇか」

「無茶をいたすな、早見。明日も出仕せねばならぬのだぞ。まして我らは……」

「てやんでぇ、酒が怖くて御用が務まるかってんだい！」

「そうですよ神谷さま。ほら、貴方《あなた》もお飲みなさいまし」

「な、何をいたすか先生。こぼれておるではないか」

「ほほほ、だったらお口で受けてくださいまし」

「へっへっ、いいぞ、いいぞ」

小関はご機嫌に笑っている。

ただ独り、与七の声だけがしなかった。

二

翌日から、早見たちはそれぞれ行動を開始した。

隠密廻同心という役目がら自由に動ける神谷と小関は、旗本殺しの偽装をしているると目を付けた大道芸人を探索して回り、内勤のため奉行所から離れられない早見は、吟味方の御用の合間を縫っては書庫に足を運び、古い事件の記録の山を漁《あさ》って事件の手がかりを見出そうと頑張っていた。

彩香は浜町河岸に構える診療所で常の如く患者と接する一方、殺害された三人の旗本の検屍《けんし》の記録を子細に見直しつつ、いけ好かない小人目付衆に親切ごかしに近付いて、新たな情報を引き出すことに余念がない。

そして新平は神谷たちと行動を共にし、芸人の探索にかかりきり。

与七もお目付け役という立場上、同行せざるを得なかった。

それにしても、毎日暑い。

月が明けて六月を迎えた江戸は、陽暦ならば七月上旬。

川開きの夜を境にして雨続きだった空も晴れ渡り、じりじり照り付ける陽射しが肌を焼く。色白の新平もすっかり日焼けし、もとより色黒の与七と変わらなくなってきた。

しかし、乳母日傘《おんばひがさ》で大事に育てられた新平は、それほど体が丈夫ではない。

炎天下にあちこちの盛り場を歩いて回り、一筋縄ではいかない芸人たちに聞き込みをする毎日を繰り返していれば、無理がたたるのは目に見えていた。

「あー、頭がくらくらする……」

ついに出がけに倒れてしまったのは、六月に入って早々のこと。

「若旦那さま！」

「若旦那さま!!」

八州屋は大騒ぎになったが、与七にとっては幸いだった。

新平を甘やかし、店の手伝いをそっちのけにして捕物道楽に興じるのを好きにさせている姉夫婦はもとより、何事も与七に任せておけば安心な勢蔵も、さすがに暑気あたりで倒れたとあっては放ってはおかなかった。

「いいですね与七さん、弟から何と頼まれても、表に出してはなりませんよ！」

「私からも頼むよ。体のことで無茶をさせたら、元も子もありゃしないからね」

「へい、しかと心得やした」

お栄と勢蔵に命じられ、神妙な顔をしながらも胸の内では快哉《かいさい》を叫んでいた。

与七の立場は、あくまで新平のお目付け役。

影の御用に手を貸してはいるものの、肝心の若旦那が動けなくなってしまえば側を離れられなくなる。新平の抱え主である神谷が同行させたくても、そういうわけにはいかないのだ。

（俺が手伝わなけりゃ、それだけ調べが付くのに時がかかる……北町の旦那がたが手間取っていなさる間に危なくなったと気が付けば、あの女《ひと》も旗本殺しどころじゃなくなって、江戸から逃げ出すこったろう……若旦那にはお気の毒なことになっちまったが、おかげで一安心だぜ）

ホッとしながらも表向きは沈痛な面持ちを装い、いつも待ち合わせをしている両国広小路《ひろこうじ》の茶店まで出向いた与七は、神谷と小関に事の次第を報告した。

「何っ、暑気あたりだと!?」

「へい……申し訳ありやせんが、しばらく旦那がたの御用のお手伝いは控えさせておくんなさい」

「されど与七、おぬしまで」

「すみやせん。あっしは若旦那のお世話を仰《おお》せつかっている身でございやすんで……どうかご勘弁くだせぇまし」

「分かったよ。せいぜい新の字を大事にしてやんな」

食い下がろうとする神谷を押しとどめ、小関は言った。

「こうなったら仕方あるめぇ。俺らだけで何とか調べを付けるしかあるめぇよ」

「構わぬのか、おやじどの」

「分かってやんなよ。与七は俺らの仲間である前に、八州屋の奉公人なのだぜ」

「そ、それはもとより承知の上だが……」

「だったら、お前さんに無理強いをされても困るだけだって察してやんな」

「う、うむ」

「もう行っていいぜ、与七。こっちのことは心配するなって、新の字によろしく伝えてくんな」

「ありがとうございやす」

立ち去る二人を、与七は深々と頭を下げて見送った。

神谷と小関が向かった先は、両国橋の東詰め。これから浅草橋を渡って神田川を越え、浅草寺《せんそうじ》裏の奥山《おくやま》と呼ばれる盛り場に赴くのだ。

奥山は、江戸でも年季の入った大道芸人が多いことで知られる場所。腕利きの神谷と小関といえども手に余り、追い返される可能性が高かった。

なればこそ神谷も与七を加勢に同行させたかったのだろうが、これ以上、旗本殺しの探索が進展するのに手を貸すことなど御免であった。

あの武家女を死なせたくない。

何故《なにゆえ》なのかは我ながら分からぬものの、そうせずにはいられなかった。

「ふぅ……」

二人の姿が見えなくなるのを待って、与七は床几《しょうぎ》に腰を下ろす。

と、耳元で疑わしげに呼びかける声がした。

「なんか怪しいなぁ、与七さん」

「な、何でぇ」

「新ちゃんが臥《ふ》せっちまったってのに、何か喜んじゃいないかい」

じろりと睨《にら》んできたのは、おふゆであった。

この茶店の看板娘は新平と幼馴染《おさななじ》み。勢蔵に連れられて出向いた房州《ぼうしゅう》の漁村で知り合って仲良くなり、おふゆはその縁を頼って江戸に出てきた。

代々の海女《あま》の娘で達者な泳ぎを活《い》かし、影御用を手伝ってくれているが、まだ子細までは明かされていない。与七はもとより神谷と小関も先程のやり取りでは声を低め、彼女の耳に余計なことが入らぬように気を付けていた。

まさか将軍から密命を受けてのこととは夢にも思わず、すべては八州屋の座興と信じ込んでいる天真爛漫《らんまん》な娘だが、勘働きは侮れない。

「どうしたどうした、おふゆ坊」

平静を装い、与七は言った。

「俺《おら》ぁただ、若旦那のことをお知らせに上がっただけだぜ。暑気あたりで倒れてしまいなすったのに、何が可笑しいことがあるもんかい」

しかし、おふゆは引き下がらない。

「へん、どうだか」

可愛い顔をしていながら怒ったときの目付きは鋭く、なかなかに迫力もある。

「だったらなんで、旦那がたを見送りながら笑ってたのさ」

「そいつぁあれだよ、このくそ暑い最中に歩き回らなくて良くなったからさね」

続けざまに問うてくるのに、与七は何食わぬ顔で答えていた。

「お前さんも客商売をしてるんなら、ちったぁ人さまの身になって考えてみてくんな。誰だって、こんな陽気で汗だくになってるのは嫌だろうが」

「それじゃ与七さんは、新ちゃんに神谷の旦那のお供ができなきゃ、くっついて行かなくてもいいから喜んでたってことなのかい？」

「そうそう、要するにそういうこった」

「へん、それじゃ新ちゃんさまさまじゃないか」

頬を膨らませ、おふゆは毒づく。

「付きっきりで看病するといや聞こえはいいけどさ、風通しのいい部屋で働きもせずに涼んでいられるんだろ？　あーあ、あたしもあやかりたいよ」

「おいおい、人聞きの悪いことを言いなさんな。何事もご奉公でやっているのは同じなのだぜ」

「そりゃ、そうだけどさぁ」

「余計なこと言ってねぇでお前さんもしっかり励みな。店のとっつぁんがさっきから、早いとこ働いてくれねぇかなって顔をしてなさるぜ」

立ち上がりながら巾着《きんちゃく》を取り出し、与七はおふゆに小銭を握らせる。

神谷と小関の茶代と別に渡したのは、口止めを兼ねた心付け。

「ほら、これで冷やし瓜《うり》でも買って食いな」

「いいのかい、こんなに？」

「それだけあれば瓜のお釣りでところてんが五、六杯は食えるだろう。お前さんの大の好物なんだろ」

「わぁい、ありがと」

「それじゃな。若旦那には、お前さんが変わらず元気にしてるって伝えとくよ」

小躍《こおど》りするのに笑みを返し、与七は歩き出す。

鋭いようでいながらも、おふゆはまだまだ子どもである。

神谷と小関の聞き込みも、二人だけでは上手《うま》く行くまい。あの武家女に当面は危険が及ばぬものと見なし、安心して新平の見張りに専念できそうであった。

三

その頃、神田川を越えた神谷と小関は一路、雷門《かみなりもん》へと続く道を歩いていた。

浅草橋から続く一本道は、浅草寺の参道である。

雷門を潜《くぐ》って仲見世を抜け、本堂の裏手に出れば、そこは奥山。

両国の広小路と並ぶ庶民の娯楽の地も、町方役人にとっては厄介《やっかい》きわまりない場所であった。

「難儀な調べになりそうだな、おやじどの」

「そうだなぁ」

ぼやきながらも、二人の足は止まらなかった。

装いは、共に黒羽織と黄八丈《きはちじょう》の着流し。

隠密廻とは言え、常に変装ばかりしているわけではない。聞き込みをするときには町奉行所勤めの同心と一目で分かったほうが相手も畏《おそ》れ入り、話を聞き出しやすいからだ。

しかし、それも相手によりけりである。

旗本殺しの下手人《げしゅにん》に協力していると目される大道芸人たちは、かねてより神谷と小関が何を尋ねても、のらりくらりとはぐらかすばかり。

そこで二人は業《ごう》を煮やし、芸人の中でも格上の連中が集まっている奥山に乗り込むことにしたのだ。

「どいつもこいつもただの余興としか答えねぇが、そんなことはあるめぇよ」

「うむ。間違いのう、下手人と足並みを揃えておるはずぞ……」

川開きの夜に市中のあちこちで目撃された喪服姿の女の二人連れは、あれから一度も姿を現さない。

これまでに聞き込みを重ねて分かったのは、決まって十七日と二十八日の夜に出没する――ということだった。

最初に現れたのは、去る四月の二十八日。

二度目は五月の十七日。

そして三度目は、川開きの五月二十八日。

いずれも御側衆の旗本が殺害された晩である。

ただの偶然とは思えない。

旗本殺しの下手人が金をばらまき、自分たちの尻尾《しっぽ》を摑《つか》まれるのを防ぐためにやらせている偽装工作。そうとしか考えられなかった。

雷門が見えてきた。

「いざ参ろうぞ、おやじどの」

「うむ」

決意も固く、二人は仲見世を抜けていく。

しかし大道芸人たちは頑として、口を割ろうとしなかった。

「えっ、あたしらがお旗本殺しに手を貸してるですって？　ご冗談も休み休みにしてくださいましな、八丁堀の旦那がたぁ」

しなを作って答えたのは女と見紛《みまが》うほどに化粧の上手い、独り芝居の芸人。粗末な材料ばかりでこれほど巧みに装えるのだから、本物の鬘《かつら》や紅白粉《べにおしろい》を用いれば完璧《かんぺき》に化けおおせることができるはず。

にも拘《かか》わらず、まるで認めようとしない。

終《しま》いには開き直り、男言葉に戻ってドスを利かせる始末であった。

「あーあ、せっかくのお客が逃げちまった。おい木《こ》っ端《ぱ》役人ども、一体どうしてくれるんだい⁉」

「そうだ、そうだ！」

「いい加減にしやがれ‼」

他の芸人たちも口々に、罵声《ばせい》を浴びせかけてくる。

「皆が申しておるとおりだ……おぬしたち、命が大事ならば足元の明るいうちに帰ったほうがよかろうぞ」

そう告げてきたのは、鞘《さや》ぐるみの大太刀《おおだち》を引っ提げた浪人者。

三尺物の長剣を抜けるか抜けぬかと見物人たちに気を揉《も》ませ、一気呵成《いっきかせい》に鞘を払って感心させたところで物を売る、居合抜きである。歯磨き粉売りで知られる長井《ながい》兵助《ひょうすけ》が現れる前から存在した、江戸で人気の大道芸だ。

どうやら、この浪人が芸人たちの兄貴分らしい。

「二度とは申さぬ……早《はよ》う帰れ、不浄役人」

神谷と小関を淡々と見返し、浪人は言った。

着物も袴もぼろぼろだが、ただの見かけ倒しではないらしい。

無闇に凄《すご》まずとも、十分すぎるほど迫力を感じさせる。

大道芸人には形だけ武士に成りすます者も多いが、本物と見なしていい。

手にした大太刀も竹光《たけみつ》ではなく、ずしりと重たい本身《ほんみ》と思われた。

しかし、ここで引き下がるわけにはいくまい。

芸人たちに取り囲まれ、物陰に連れて行かれても、神谷は毅然とした面持ちを崩さなかった。

大太刀を引っ提げた浪人に向かって告げる態度も、微塵も臆してはいない。

「おぬし、俺と勝負をいたせ」

「何だと」

「その大太刀、並の者には抜けぬと申すのが売り口上なのであろう？」

「左様だが、それがどうした」

「俺が抜いて見せたならば、何といたすか」

「ふっ、馬鹿を申すな」

たちまち浪人は苦笑した。

周りの芸人たちも一斉に笑い出す。

「おい、聞いたかい？」

「けっけっけっ、出来もしねぇことを大真面目《おおまじめ》にほざきやがったなぁ」

「どうせ大恥をかくのがオチだろうぜ。へっへっへっへっ」

言いたい放題であった。

だが、当の神谷は毅然としたまま。

無言で浪人に歩み寄り、大太刀を引ったくる。

数歩退いたのは、そのまま逃げ出すためではない。

ぎりぎりの間合いを取り、抜き打った刃を突き付けるためであった。

しゃっ。

白昼の陽射しの下、鋭い刃音が空気を裂く。

鞘引《び》きを存分に利かせて抜いた大太刀は、浪人の鼻先でぴたりと止まる。

形だけ剣を学んだのでは、こう上手くはいくまい。

棒手裏剣を得物とする神谷だが、かつては早見と同じ道場で鎬《しのぎ》を削り、剣術の各流派において奥義と位置付けられる、居合の技も伝授されていた。

柄《つか》を握った右手ばかりを動かすのではなく、鞘を引く左手の働きを以《もっ》て刀身を露《あら》わにし、確実に抜き付けるのが居合の要諦《ようてい》。

持ち前の粘り強さを発揮し、その要諦を学び修めた神谷ならば、定寸《じょうすん》より長い刀であろうと自在に抜き差しできる。

抜刀の術に秀でた依田の域には及ばぬまでも、このぐらいは雑作もなかった。

「ば、馬鹿な……」

わななく浪人に切っ先を向けたまま、神谷は言った。

「おぬしの差料は三尺一寸物と見受けたが……わがお奉行ならば、あと二、三寸長かろうと容易《たやす》いはずぞ」

「ま、まことか!?」

「何ならお呼びいたすか」

「い、いや、滅相もござらぬ」

もはや浪人は形無しだった。

取り巻きの芸人たちが、たちまち顔色《がんしょく》を失ったのも無理はあるまい。

「お、お見それしやした！」

「ど、どうか勘弁してやってくださいまし!!」

「分かればよい……おぬしたち、向後《こうご》は役人を甘く見ては相成らぬぞ」

静かな口調で告げつつ、神谷は大太刀を鞘に納める。

「やるじゃねぇか、おい」

感心しきりでつぶやいたのは、傍《かたわ》らで高みの見物を決め込んでいた小関。

「これだけ脅し付けりゃ十分だろうぜ。後は俺に任せときな」

「頼むぞ、おやじどの」

そう言って一歩退《ひ》きながらも、神谷は大太刀を手放さない。

知りたいことを余さず教えてもらえるまで、商売道具を返さぬつもりである。

しかし小関は、魚心あれば水心ありの理《ことわり》を承知していた。

「なぁお前さんがた、俺らは何もただで喋《しゃべ》れってんじゃねぇんだよ。幾ら貰《もら》ったかしらねぇが、こっちも礼をさせてもらおうじゃねぇか」

「まことか」

思わぬ提案に、浪人が目を丸くする。

「たしか小関氏《うじ》と申されたか、お役人が左様な真似をいたしてもよろしいのか」

「仕方あるめぇ。俺らのせいで美味しい儲け話をフイにされちまうとなりゃ、お前さんがただって見返りなしじゃ収まらねぇだろ」

「そ、それはそうだが」

「ならば、これでどうだ。おやじどの、ちと頼む」

そう言って神谷が取り出し、小関が開いて見せた袱紗《ふくさ》包みには小判が十枚。うちの新平がお役に立てない詫びの代わりですと称し、勢蔵が与七に持たせてくれた金であった。

心づくしの大金を、無駄にするつもりは毛頭ない。

「知ってることを洗いざらい吐いてくれたら、一両残らず持って行きな。ただし口から出まかせをほざきやがったら、全員引っくくるからな」

「そんな旦那、ここは寺社方なのですぜ？　妙な真似は止めてくだせぇ」

芸人の一人が思わず口にしたのは、支配違いのことである。

神社仏閣は寺社奉行の管轄であり、町奉行所は手出しできない。この大道芸人たちが強気でいられたのも、そんな決まりを承知していればこそだったのだ。

しかし、小関は平気の平左。

「ほう……お前さん、冗談だと思ったのかい」

ニッと笑いかけるや、太い腕を伸ばして肘《ひじ》を摑む。

ゴキッ。

嫌な音と共に、芸人の肘が逆に曲がった。

「わわわっ⁉」

痛みを覚えるより先に、芸人は慌てふためく。

得意の柔術を応用した小関の骨外しは、手慣れたものであった。

「お前さんがたが包み隠さずに答えてくれたら、今すぐ治してやるぜ。それとも、もう一本行っとくかい？」

笑みを絶やすことなく、小関は告げる。

「ま、待たれよ」

口火を切った浪人に続いて、芸人たちは知りたいことをすべて教えてくれた。

四

早見が二人から報告を受けたのは、八つ刻（午後二時）前のことだった。

「『布袋屋《ほていや》』の出戻り娘の頼みだったって？ ほんとかい、そいつぁ」

「うむ。亡き夫と義理の母御の供養のため、月命日に夜参りをしてもらえぬかと頼まれたそうだ」

「待てよ神谷、夜参りってのは何なんだい」

「家名断絶の憂き目を見させられ、表立っては供養をいたすも許されぬ故、一人でも多くの者に自分たちと同じ装いをし、密かに回向《えこう》をしてもらいたい……大道芸人どもは奇妙なことと思いながらも金を積まれた故、引き受けたのだそうだ」

「それじゃおやじどの、連中は旗本殺しのことは知らなかったってのかい？」

「そうなんだよ。三人まで腕を外してやったんだが、そんなことは聞かされてもいねぇの一点張りでな」

首を傾《かし》げる早見に、神谷と小関は口々に説明した。

「成る程な、嫁ぎ先の家を潰された出戻り娘か……」

「何処《いずこ》へ参るのだ、おぬし？」

「ちょいと待ってな。布袋屋、布袋屋と……」

早見は半袴の裾をたくし上げ、慌ただしく駆け出した。

北町奉行所を後にして、炎天下を向かった先は町名主《まちなぬし》の屋敷。

程なく汗まみれになって持ち帰ったのは、人別帳《にんべつちょう》の写し書きだった。

「お前さんがたが言ってたのは、この菊って女じゃねぇのかい……」

「うむ、間違いあるまいぞ」

息を切らせながら問うてくる早見に、神谷は確信を込めて頷《うなず》き返す。

「俺も思い出したぜ。布袋屋の看板娘が目出度《めでた》くお旗本に嫁いで早々、どうしたことか出戻ってきたってんで、ちょいと噂になったことがあるはずだ」

鉄瓶から碗に注いだ湯冷ましを飲ませてやりつつ、小関もつぶやく。

吟味方の用部屋は、早見が出かける前に人払いをしてくれたので誰も居ない。

神谷と小関は、改めて書き付けに目を通した。

後の世の戸籍台帳に当たる人別帳には市中で自前の土地を持ち、あるいは土地だけ借りて自前の家や店を持つ者の名前と家族構成、および奉公人や店子《たなこ》の名前が余さず記載される。日本橋に店を構える骨董商の布袋屋も例外ではなく、一度嫁いで外された娘の名前が、再び書き加えられていたのである。

「落ち着いたかい？」

「ああ……すまねぇな、おやじどの」

湯冷ましのお代わりをごくごく飲みほし、早見は息を調《ととの》えた。

「これで符丁がぴったり合ったな……殺された旗本連中は揃いも揃って、お菊が嫁いでた荻野《おぎの》の殿さまを手に掛けてるんだよ。殿中で無礼を働いたってんで、皆で寄ってたかって、膾斬《なますぎ》りにしやがったのさ」

「ほんとかい？　そんなことが御城中であったなんて、初耳だぜ」

「おやじどのが知らねぇのも無理はあるめぇ。こいつぁ無かったことにするって厳しいご沙汰《さた》が出ていてな、耳に入《へえ》ったのは俺《おい》ら与力どまりだったんだよ」

「いずれにせよ、お菊の嫁ぎし相手はその折に命を落としておるのだな？」

「そういうこったぜ、神谷。殺された殿さまの意趣返しだったとすりゃ、ぜんぶ合点が行くってもんだぜ……」

それは二年前、宝暦元年（一七五一）六月の末に起きた事件だった。

家重公お気に入りの井戸茶碗《いどぢやわん》が密かに偽物とすり替えられ、売り飛ばされるという恥ずべき事実が発覚したのである。

将軍の茶道具は御数寄屋《おすきや》坊主によって厳重に管理されており、すり替えられることなど、通常は万が一にも有り得ない。

しかし、家重公は先年に朝鮮通信使《ちようせんつうしんし》より私的に献上された茶碗を日頃から手許に置いて用いたがり、誰が何と言っても聞き入れず、好き勝手にしていた。

だが、そのことが災いし、将軍愛用の名器のすり替えという、あってはならぬ不祥事が起きてしまったのだ。

疑いを掛けられた荻野新太郎《しんたろう》は五百石取りの旗本で、将軍の身の回りの世話を仰せつかる、小納戸の職を代々務めていた。

家重公の側近くに仕える立場上、問題の茶碗にいつでも触れ、その気になれば偽物とすり替えることが可能だったのは、同役の面々も皆同じ。何も一人だけが怪しかったわけではない。

にも拘わらず荻野の仕業《しわざ》と断定されたのは、上役の小納戸頭取に問い質《ただ》されて潔白を訴えながら逆上し、事もあろうに城中にて抜刀に及んだからだった。

小納戸はただ雑用をこなすだけではなく、いざというときは警固《けいご》役として将軍の身を護《まも》り、戦う役目も担っている。その一員が殿中差を抜き放ち、上役に斬りかかったとなれば、居合わせた同僚たちに成敗されたのも仕方がなかった。

頭取を含む五人が荻野を殺害した件は不問に付され、許しがたい所業に及んだ咎《とが》によって荻野家は断絶。家屋敷と代々の所領は公儀に没収された。

ちょうど元号が寛延《かんえん》から宝暦と改められた直後のことでもあり、事件は未《いま》だに表沙汰にされることなく、伏せられたままになっている。

幕府にとっては世間に決して知られたくない、まさに醜聞《しゅうぶん》であった。

「やれやれ、とんでもねぇ話につながっちまったもんだぜ」

「ぼやいておる暇はないぞ、おぬし。疾《と》く装いを調えぬか」

溜め息を吐《つ》く早見を、神谷は促す。

「そうだぜ。俺らだけで四の五の言っても始まらねぇやな」

小関もそう言って早見の後ろに回り、肩衣《かたぎぬ》の皺《しわ》を伸ばしてやる。

ともあれ見当が付いた以上、依田に報告しなくてはならない。

そろそろ日も暮れ、他の与力と同心は退出する刻限である。

「さぁ、お前さんがたは先にお奉行んとこに行っててくんな」

とりあえず、早見は二人を用部屋から廊下に追い出す。

案の定、入れ違いにやってきたのは、口うるさい年嵩《としかさ》の与力だった。

「何じゃ早見、今時分まで何をしておったのかっ」

「申し訳ありませぬ。ちと寝不足にござったもので……」

「何？　吟味もせずにうたた寝をしておったと申すのか」

「はい」

「うぬっ、この無駄飯喰らいが！」

額に青筋を立てて、与力は怒りまくる。

ひとしきり説教が終わるまでは、帰してもらえそうにない。

やはり、神谷と小関を先に行かせておいて正解だった。

奉行所の奥にある依田の私室では、二人が事の次第を報告するに及んでいた。

「何、あの井戸茶碗の一件が絡んでおるとな？」

「へい。そのときに殺されたっていう荻野の奥方が、意趣返しをしているんじゃねぇかと」

「成る程、それで平側衆ばかりが狙われたのか……」

合点が行った様子で、依田は頷く。

これまで殺害された三人の旗本は全員、荻野新太郎を慮外者《りょがいもの》として成敗した功により、小納戸から平側衆に出世を遂げていたのである。

楠本一角《くすもといっかく》、享年三十四。

剛田武二郎《ごうだたけじろう》、享年三十四。

そして渡辺三蔵、同じく享年三十四。

いずれも小納戸を代々務める家に生まれ、死んだ荻野と同い年で御役に就いて同じ釜の飯を食ってきた、仲間であった。

苦楽を共にした朋輩《ほうばい》とはいえ、状況を鑑《かんが》みれば、手に掛けたのは止むを得ないことと言えよう。

だが、それは幕府の出した結論。

残された奥方が納得できずに、復讐に立ち上がったとすればどうだろうか。

まして、荻野の妻は武家の出ではない。

行儀作法を仕込まれ、他の旗本の養女になった上で嫁いできたとはいえ、町家の娘なのだ。

あくまで武家の掟に基づいて断行された裁きに疑念を抱き、意趣返しを企てたとしても、何ら不思議ではあるまい——。

そこに廊下を渡る足音が聞こえてきた。

「遅くなりましてすみやせん、お奉行」

「大儀であったの、早《はよ》う座れ」

労をねぎらいつつ促す依田は、早見が遅れた理由を承知の上だった。

影の御用のことを知るのは、奉行所内では依田とこの三人のみ。将軍の密命を奉じて悪党退治をしているとは、他の与力も同心も夢想だにしていない。

しかし、表向きは怠け者と思わせたほうが結局は都合がいい。早見を説教していた年嵩の与力も手応えのなさに根負けし、すでに帰宅した後であった。

「神谷と小関からおおよその話は聞いた……狙われておるのは、小納戸あがりの御側衆らしいの」

「左様でございやす」

「して、残るは何者か」

「同じく平側衆の山本軍四郎《やまもとぐんしろう》さまと、佐々岡大悟《ささおかだいご》さまで」

「成る程の……」

依田は声を低めてつぶやいた。

「間違いあるまい。これまでに落命せし渡辺ら三名は、いずれも佐々岡が小納戸頭取を務め居《お》りし頃の配下ばかり……。佐々岡に与《くみ》して田沼めと敵対する動きを取っておったのも、思えば当然至極であろうぞ」

「それじゃ連中は主殿頭さまと仲が悪かったんですかい、お奉行？」

「うむ。佐々岡を持ち上げて、隙《すき》あらば追い落とさんとしておる」

「もう一人の山本ってのも、同じ穴の狢《むじな》なんで？」

「左様」

続けざまに問うた早見に、依田は淡々と答えていた。

江戸城中の勢力争いなど与《あずか》り知らぬ早見たちには、初めて聞くことばかりであった。

「成る程ねぇ。出世頭の主殿頭さんも、順風満帆ってわけじゃねぇんですか」

小関がしみじみとつぶやいた。

「まさか、その主殿頭さんが糸を引いてるってわけじゃねぇでしょうね？　荻野の奥方を上手いこと操って、邪魔な奴らを殺して回らせてるってんじゃ……」

「左様なことは有り得まい。そも、主殿頭はおなごを信用しておらぬからの」

「ですけどお奉行、大奥じゃモテまくりだって専《もっぱ》らの噂ですぜ」

「それは見目《みめ》形の良さを利用し、人気を得ておるだけにすぎぬ。大奥さえ後ろ盾にしておけば、ご老中がたも強くは出られぬからの……されど、家名断絶にされし者の後家を指嗾《しそう》し、刺客に仕立てるなどという危ない橋は、まず渡るまい。それに格下の平側衆とは申せど、敵対する者どもを続けざまに空《むな》しゅういたさば、己自身が疑われるのは重々承知しておる。どうしても亡き者にしたくば雑魚《ざこ》になど構わず、佐々岡のみを狙わせるはずぞ」

「それじゃ、こいつぁ荻野の奥方が勝手に始めた……」

「うむ、私怨《しえん》による意趣返しと判じるが妥当であろう」

依田がそう確信するに至った理由は、旗本たちが殺害された日付であった。

一番目の楠本一角は、四月二十八日。

二番目の剛田武二郎は、五月十七日。

三番目の渡辺三蔵は、川開きの五月二十八日。

問題の荻野新太郎の命日は、宝暦元年の六月二十八日である。

そして一人息子の四十九日が明けるのを待ち、母親の一重《ひとえ》が明け渡し前の屋敷内で自害して果てたのは、閏《うるう》六月を経た七月十七日のことだった。

「二十八に十七……そしてまた二十八と来れば、次は十七ですぜ」

「うむ。残すところ十日だの」

すっと依田は顔を上げた。

三人を順繰りに見やり、重々しく下知《げち》する。

「おぬしたちは今宵より交代で、人知れず山本軍四郎の警固をいたせ。儂《わし》からもそれとなく、当人に注意を与えておこうぞ」

「佐々岡さまのほうはよろしいんですかい、お奉行」

「むろん放ってはおけまい。併せて儂が目を配る故、安堵《あんど》いたせ」

「承知しやした」

依田の答えに満足し、早見は頷く。

仲間を斬り殺して立身し、今も出世争いに明け暮れる輩《やから》といえども、狙われているのを見殺しにするわけにはいくまい。

残る問題は、お菊を誰が見張るかであった。

「相手が女ではやりにくいのう。されば、彩香を使うか……」

「いえ、そいつぁ止めたほうがよろしいんじゃねぇんですかい」

依田のつぶやきに異を唱えたのは小関。

奉行の愛人への気遣いではなく、しかるべき理由があってのことだった。

「先生は如才のないお人ですが、ちょいと女に厳しいとこがありなさるじゃねぇですか。お菊が尻尾を出す前に手酷《ひど》くやり込めて、面倒なことになっちまったら目も当てられませんぜ」

「ううむ、あながち有り得ぬことではないの……」

しばし考えた後に、依田は言った。

「されば、新平と与七に任せるか」

すかさず神谷が言上《ごんじょう》した。

「お奉行、新平は暑気あたりで臥せっております」

「ふむ、それはいかんな」

「与七だったらいいんじゃないんですかい」

と、早見がおもむろに口を挟んだ。

「こいつぁ彩香先生はともかく、新平じゃ荷が勝ちすぎる役目ですよ。張り込ませるなら、盗っ人あがりの与七の右に出る奴ぁおりやせん」

「されば、左様にいたすがよかろう。委細よしなに取り計らえ」

それだけ告げると、依田は立ち上がった。

見通しが立った以上、後はそれぞれに力を尽くすのみである。

もちろん与七に対しても、常のとおり期待を寄せていた。

五

「あっしに見張りを……？」

「そうなんだ。お奉行直々のご下命《かめい》でな」

「左様でございましたか……」

「お店勤めもあって疲れてるこったろうが、何とか頼めるかい？」

「へい。お任せくだせぇまし」

早見の話を、与七は平静を装いながら聞いていた。

あの武家女――本名をお菊という若後家は、日本橋でもそれと知られた骨董商の出戻り娘だったのである。

思いがけないことだったが、これは渡りに船と言うべきだろう。

新平が一緒では足手まといになるばかりか、迂闊《うかつ》に部屋にも近付けまい。

だが、与七独りならば何とでもなる。

危機が迫っていることをそれとなく知らせ、逃げられたと装って江戸から落ち延びさせるのも可能なのだ――。


その夜、お菊は早めに床に就いていた。

商いを一日手伝うと、心地のいい眠気が訪れる。

店に漂う雰囲気や匂いも懐かしいし、二十四にもなった出戻り女を看板娘扱いしてくれる、常連の客たちとのやり取りも楽しい。

「ふぅ……」

湯上がりの体を布団に横たえ、お菊は大きく伸びをする。

いつも隣で寝ているおけいの姿は見当たらない。

はっきりとは口にしないが、こうして時々店を抜け出すのは、好きな人と逢うためらしかった。

たとえ人目を忍ぶ仲であろうと、姉妹も同然に育った彼女が幸せならば、お菊は嬉しい。

一方で、罪の意識を抱かずにはいられなかった。

お菊が手伝わせている意趣返しは、公儀が認めた仇討《あだう》ちとは違う。

あくまで私怨に基づく、御法破りの所業なのだ。

捕まれば引き回しの上で磔《はりつけ》にされるという、女の身で耐えがたい恥辱に晒《さら》されることだろう。

お菊自身はともかく、おけいまで同じ目に遭《あ》わせたくはない。

(事を終えたら叔父上に頼んで、江戸から落ち延びさせてもらわないと……想い人が居るのなら、一緒に逃がしてあげたいものね……)

そんなことを考えているうちに、更に深い眠気が襲ってきた。

「ん……!」

うとうとしていたお菊の目が、ふと開く。

無言のまま手を伸ばし、摑んだのは小太刀《こだち》。

仇《かたき》を討つときばかりに限らず、ふだんから護身のために布団の下に忍ばせているのである。

　仇を目の前にして速やかに手に取り、刺すことができるのも、日頃から扱いに慣れるように心がけていればこそだった。

　もちろん、形だけ覚えたところで人は殺せない。

　嫌なことだが、数をこなすうちに慣れてきたのだ。

　最初に楠本一角を仕留めたときは、無我夢中だった。

　続く剛田武二郎には、危うく返り討ちにされかけた。

　落ち着いて脾腹《ひばら》の急所を刺すことができたのは、渡辺三蔵からである。

　この調子で行けば、山本軍四郎も難なく倒せることだろう。

　そして最後の標的である、佐々岡大悟も。

　その前に、今宵は誰かを刺さねばならぬらしい。

　願わくば無闇に人を殺したくなどなかったが、手加減はできない。

　やらねば、こちらがやられてしまうのだ。

　音もなく障子を開けて入ってきたのは、盗っ人装束の男であった。

　寝たふりをしたまま、お菊は間合いを見計らう。

　近間《ちかま》に入るまで、焦ってはなるまい。

小太刀の術を手ほどきしてくれた義母《はは》の教えを思い出しつつ、お菊は仕掛ける機を待った。

男が傍らに立つ。

刹那《せつな》、ぶわっとお菊は夜着を撥《は》ね上げた。

しかし、男の動きは思った以上に機敏だった。

「おっと、危ねぇ」

サッと突きをかわしざまに手首を押さえ、小太刀を奪い取る。

「ぶ、無礼者っ！」

思わず声を上げた瞬間、男が顔を近付けてきた。

色黒で頼もしい面構《つらがま》え。見紛《みまが》うことなく、渡辺を仕留めた晩に危ないところを助けてくれた男である。

「そのまま、そのまま。騒ぐとお前さんのためになりませんぜ」

告げる言葉も、先夜と同じものであった。

「あ、貴方さまは……」

「ご無礼をしちまって、すみやせん」

「い、いいえ」

「まずは、その危ないもんを納めちゃいただけませんかね」

「は、はい」

お菊は素直に小太刀を引き、布団の下から取り出した鞘に戻す。

納刀するのを見届けると、男は言った。

「それから、何か羽織ってくだせぇまし」

「あ……」

お菊はたちまち赤くなる。

無我夢中で突きかかったときに寝間着の襟《えり》がはだけ、豊かな胸の谷間が露わになっていたのだった。


男の態度は、終始礼儀正しかった。

「あっしは与七と申しやす。商いは……けちな盗っ人とでも言っておきやしょうか」

「まぁ、それでは私の家に盗みに入られたのですか？」

「いいえ、そういうわけじゃありやせん。こないだの夜のことから、お前さんが何をしていなさるのか、知っちまいましてね」

「えっ……」

「安心しなせぇ。何も訴人《そにん》をしようなんて、考えちゃおりやせんよ」

「まことですか、与七さん」

「当たり前でござんしょう？　そうでなけりゃ、わざわざ忍び込んだりしねぇで畏《おそ》れながらと訴え出ておりやすよ。さもなきゃ山本か佐々岡の屋敷に出向いて礼金をたんまり貰ってまさぁ」

「そ、そこまでご存じなのですか」

お菊が驚いたのも、無理はない。

そんな核心まで迫っていながら、与七の態度はあくまで下手《したて》だった。

「すみやせん。出し抜けにこんな話をしちまって」

脅すどころか指一本触れようともせず、真摯《しんし》に語りかけてくる。

おかげでお菊も取り乱すことなく、話を聞くことができていた。

「心ならずもあっしが知っちまったことは、ぜんぶ吐き出しとこうと思いまして……その上で、ほんとのことを話してほしいんですよ」

「なぜ、聞きたいのです」

「言わなきゃだめですかい」

「当たり前でしょう」

「すみやせん」

思わず語気を強くしたお菊に、与七はぺこりと頭を下げる。

男臭い風貌に似つかわしくない、幼子《おさなご》のような態度だった。

と、浅黒い顔が引き締まる。

「それじゃ、申し上げやす」

意を決した様子で、与七は言った。

「お菊さん……あっしにはどうしても、お前さんが訳もなく人を殺《あや》めるような手合いとは見えねぇんですよ」

「それを確かめるために、私に会いに来られたのですか」

「へい」

「見ず知らずの私のために、わざわざ？」

「そのとおりでさ」

「……」

何と純粋な人なのだろうか。

お菊が人を殺すに至った理由を、真実を知りたい。

やったことを咎めるのではなく、切にそう願っているだけなのだ。

「……分かりました」

お菊はこくりと頷いた。

「さて、どこからお話しいたせばよろしいでしょうか……」

かくして与七がお菊から明かされた話は、早見が教えてくれたこととおおむね一致していた。

違ったのは荻野新太郎の身が潔白であり、家重公愛用の井戸茶碗を偽物とすり替えたのは、佐々岡と四人の配下たちだったということ。

「それじゃ、荻野の殿さまは罪を押し付けられたってわけですかい？」

「こんな酷《ひど》い話が他にありましょうか……」

そう告げながら、お菊は涙を流していた。

女が同情を引くための空涙《そらなみだ》など、見飽きて久しい与七である。

しかし、お菊は芝居などしていなかった。

夫の無念を想うたびに、哀切の涙が湧き出てしまうのだ。

「あの人と義母上の御為ならば、悪鬼羅刹《あっきらせつ》と化しても構いませぬ……」

何も、自ら手を下したと白状したわけではない。

あくまで問わず語りで、悲痛な過去を明かしただけだった。

だが、すべてがお菊の仕業なのは明白。

事実を悟った上で、与七は同情を覚えずにいられなかった。

やはり、この女人を死なせたくはない。

今宵のところは警戒が厳重で奥まで忍び込めなかったことにして、早見たちをごまかすつもりだった。

すでに東の空は白みかけていた。もはや長居は無用である。

「お話を聞かせてくだすって、ありがとうございやす」

ぺこりと一礼し、与七は立ち上がる。

そのとたん、お菊が思わぬことを告げてきた。

「よ、与七さん」

「へい？」

「また来てくださいませんか……貴方と今少し、お話がしたいのです」

呆気《あっけ》に取られる与七に、お菊は続けて呼びかけるのだった。

「お稼ぎになりたくば、それなりの値打ち物をご用意いたします。その代わりと申しては何ですが、どうか私の思うところを知ってくださいまし……さすれば私も心置きなく、死にゆくことができます故……」

死を覚悟した女人から話し相手になってほしいと所望されるなど、滅多にあることではない。会うだけでも気が重くなりそうな頼みであった。

しかし、当の与七はまるで苦にしていない。

「こんばんは、与七さん」

「へっ、気付かれちまったんですかい」

「はい。おかげさまで勘が働くようになって参りました」

あれから与七はおけいが居ない日を選んでは部屋に忍び込み、お菊の話し相手をするようになっていた。

「昨日はどこまでお話ししましたでしょうか」

「初めてのお雛《ひな》祭りのことでござんすよ。菱餅《ひしもち》にかじりついてみたら、あんまり硬かったんで大泣きしなすったそうですね」

「まぁ、そんなことまで」

「へへへ、可愛らしくてよろしいじゃありやせんか」

「まぁ」

照れながらも嬉々として、お菊は与七を見やった。

お菊にとって、与七は不思議な殿御だった。

いつも淡々としていて、ぶっきらぼうとさえ思えるほどだが、どんな話も欠伸《あくび》ひとつすることなく、最後まで聞いてくれる。

いつの間にか訪れるのが楽しみになったのも、無理からぬことであろう。

とは言え、異性と意識しているわけではない。

夫を亡くして以来、お菊にとって男は嫌悪の対象でしかなかった。

もちろん父と叔父は別だが、奉公人たちにも気を許してはいない。出戻り娘のお菊に隙あらば取り入って、店の婿に収まりたい下心が見え見えだからだ。

仇討ちの相手である旗本どもに至っては、抱く感情は憎しみのみ。

だが、与七はまるで違う。

若くして後家となった寂しさと人恋しさを、自然に受け止めてくれる。

(もしもおけいが殿御だったら、与七さんのように接してくれることでしょうね……いや、そんなことを思っては、この人に失礼ね)

それほどの信頼を、すでにお菊は抱いていたのだ。

一方、与七は切ない想いを募《つの》らせるばかりだった。

そんな最中、ある事件が起きたのは、四度目に忍び込んだ夜のことだった。

「そろそろお見えになる頃合かと思うて、ご酒《しゅ》の支度《したく》をしておきました」

「よろしいんですかい」

「誰も不審には思いませぬよ……後家ですもの、晩酌ぐらいは」

いそいそと膳を運んでくるのを、与七はくすぐったそうな面持ちで見やる。

と、その視線が鋭くなった。

襖の向こうに忍び寄る、不審な男の気配に気付いたのだ。

「お嬢さん……」

鼻息も荒く襖に手を掛けたのは、店の番頭。

思い余って、夜這《よば》いをかけてきたのである。

与七は手荒な真似はしなかった。

代わりに懐から取り出し、襖の隙間を狙って投じたのは何やら黒い塊。

「ね、鼠《ねずみ》！」

番頭はたちまち腰を抜かした。

ただのつくりものではない。

「わっ、わっ……」

腰を抜かしながらも声を殺し、番頭はあたふた逃げ出していく。

細い釣り糸で自在に動かせる優れものとは、ついに気付かぬままだった。

「まぁ、よくできておりますこと」

「知り合いから貰った、南洋の何とかって木の汁を固めたのに細工をしたんでさ……へへへっ、本物みたいでござんしょう？」

「いえいえ、何だかとても可愛らしいですよ」

「よろしかったら差し上げやしょうか、お菊さん」

「まぁ嬉しい」

「こんなもんぐらいしかなくて、すみやせん」

「与七さんこそ、どうして何もうちからお持ちにならないのです。壺でも皿でもご用意いたしますのに……」

「いいえ、実はもう盗っ人の足は洗っておりますんで……」

そうなる以前の話は、さすがに明かせなかった。

「今のあっしは、さるお店に奉公している身でござんしてね。盗みに入ったの何のと申し上げたのは、ただの方便なんでさぁ」

「与七さん……」

「そのお店の旦那にお会いできなけりゃ奉公なんぞすることもなく、碌《ろく》な死に方をしなかったことでござんしょう……ですから、お菊さんにも死んでほしくねぇんですよ」

「お、お待ちになってくださいまし！」

「町方が勘付いておりやす。これから先は、どうか思いとどまってくだせぇ」

それだけ告げると、与七はおもむろに背を向けた。

せめて最後に杯を交わしたかったが、そんなことをすれば未練が残るばかりでなく、お菊を我がものにしたくなってしまう。

そんな邪念が失《う》せたのは、無粋な番頭を目の当たりにすればこそ。

清らかな、温かな想いを抱いたままで別れたほうがいい。

その上でお菊が思いとどまり、逃げて生き延びてくれれば、これに勝る喜びはなかった。

六

与七の行動は、明らかな裏切りだった。

最初に気付いたのは早見である。

「なぁ与七、まだ布袋屋に忍び込めねぇのかい」

夜が更けて八州屋からいそいそと抜け出してくるのを待ち伏せ、問いかける口調はキツかった。

「すみやせん。用心深《ぶこ》うござんして……女たちの勘働きも、鋭いんですよ」

「女たちって言うけどよ、女中のほうはちょくちょく抜け出してるじゃねぇか」

「そりゃそうですが、後家さん一人でも手強《てごわ》いんでさ。あれでなかなかの腕利きみたいですしねぇ」

「何が手強いもんかい。いざとなりゃ押し込みに見せかけて、脅し付けてやればいいじゃねぇか」

「そんな、手荒な真似を」

「四の五の言ってる場合じゃあるめぇ。あの女は旗本を三人も手に掛けやがったのかもしれねぇのだぜ」

「すみやせん。今夜こそはきっちり性根を据えて、忍び込んでみやすんで」

「抜かりなく頼むぜ、与七」

念を押した上で、早見は言うのだった。

「キツいのは何もお前さんだけじゃねぇんだ。神谷と小関のおやじどのも、今頃は業《ごう》っ腹《ぱら》なこったろうよ……」

つぶやく早見は切ない顔。

できることなら自分が代わってやりたかった。


今日は陽が暮れても暑かった。

こういう日は座敷で芸者遊びをするよりも、大川に出て涼むに限る。

どこのお大尽《だいじん》も同じことを考えるらしく、今宵も幾艘もの船が広い川面《かわも》をひっきりなしに行き交っていた。

「へっ、糞野郎どもがいい気なもんだぜ……」

猪牙《ちょき》に乗った小関が、溜め息交じりにつぶやく。

視線の先には一艘の屋根船。

酔った男たちの歓声が、離れて付いていく猪牙にまで聞こえてくる。

「ははははは、こうして川の上で一献傾けるのも、また格別でありますな」

「左様、左様。酔いの回りも早うござるなぁ」

「これ女ども、もっと景気良う三味を弾かぬか！」

「愉快、愉快」

「はははは……」

騒がしいこと、この上ない。

芸者に太鼓持ちまで同船させて、派手に宴会をしている最中なのだ。

「てやんでぇ、あれが天下の御政道を預かるお歴々だっていうんだから、呆《あき》れるしかあるめぇよ。とりわけ山本の野郎は威光に物を言わせて、御用達の商人から金をせびり放題にしてやがるしよぉ。幾ら影の御用とはいえ、あんな腐りきった奴らの警固をしなくちゃならねぇたぁ、ほんとに泣けてくるぜぇ……」

「気持ちは分かるがな、おやじどの。我らまで腐ってしもうてはなるまい」

櫓《ろ》を漕《こ》ぎつつ、そっと窘《たしな》める神谷は船頭姿。懇意の船宿から猪牙を一艘貸し出してもらうついでに、衣装も一式拝借してきたのだ。

「もうじき日付が変わる今こそ危ない。お菊が亡き良人と姑の命日……十七日と二十八日に必ず事を起こすと決めておるなら、そろそろ動き出すに相違ないぞ……その怒りをひとまず抑え、凶事を防ぐことに専心いたそう」

「へっ、そんなこたぁ分かってらぁな」

答える小関は頭巾《ずきん》を被り、矢立《やたて》と発句《ほっく》帳を手にした俳諧の宗匠風の装い。

「あー暑い、芭蕉《ばしょう》を気取るのも楽じゃねぇなぁ」

苦笑いをしながらも、じっと屋根船から目を離さずにいる。

あの船に乗っているのは公儀の平側衆。同役の先輩である佐々岡大悟の招きに応じた四名のうち三名までが、不慮の死を遂げた者たちの後任に選ばれ、新規に御役に就いた面々だった。

残る一人は山本軍四郎。

神谷と小関が密かに警固をしている男はお菊に限らず、誰から命を狙われても不思議ではない、悪行三昧《あくぎょうざんまい》の輩《やから》であった。

御公儀御用達の商人たちに献金をさせるだけでは飽き足らず、かつて小納戸の職に在った頃の上役である佐々岡を、何やら脅しているのだ。

昨夜、神谷は山本の屋敷に忍び込んだ。

与七には及ばぬまでも敏捷《びんしょう》な体《たい》のさばきを活かし、天井裏に身を潜めて聞いたのは、佐々岡との不審なやり取りだった。

「おやじどのが業腹《ごうはら》なのは無理もあるまい……佐々岡とて真っ当な人物とは考えがたいが、仮にも元は上役であった相手を己が屋敷に呼びつけ、更なる出世を約してもらえぬ限り、いつまでも大人しゅう黙ってはおりませぬ、畏れながら上様に包み隠さず申し上げますぞ、などと剣呑《けんのん》な言葉を並べ立てるとは山本め、無礼にも程があろう」

「まったくだな。どこにでも腐った奴は居るもんだが、軽々しく上様を持ち出すたぁ重ね重ね呆れたもんだぜ……」

神谷の問わず語りに同意しつつ、小関は苦々しげにつぶやいた。

だが、いつまでもぼやいてばかりはいられない。

悪党とはいえ、山本は天下の御側衆。

将軍を補佐する側近の一人が命を狙われていると分かっていながら、見殺しにしてしまうわけにもいくまい。

しかも、今日は六月十七日。

お菊の凶行を、何としても未然に阻止するのだ。

「仕掛けてきやがるとすれば、船着き場だろうぜ」

「うむ。他に打つ手はなかろうよ」

小関のつぶやきに、神谷は頷く。

「泳ぎが達者な海女《あま》ならばいざ知らず、まさか水の中に潜りて近付くというわけにも参らぬ故な。船から降りて気が緩んだ隙を突き、一気呵成《いっきかせい》に斬りかかるしかあるまいぞ」

「そういうこった。仕掛けたほうも、ひとつきりの命を落とす羽目になっちまうけどなぁ……おい十郎、ちょいと船足を加減しな。こんなに飛ばしてたら、永代橋に着く前に追い越しちまうぜぇ」

「むむっ、これはいかんな」

すかさず櫓を押す力を弱め、神谷は猪牙を減速させる。

早いもので、すでに夜五つ(午後八時)を過ぎていた。

御側衆一行を乗せた屋根船は両国橋、続いては新大橋と通過し、早くも永代橋に近付きつつある。そろそろ引き返すか、あるいは近くの船着き場に立ち寄って皆を降ろしてやらねばならない。

「へっ、どうせ深川八幡の門前町にしけ込むつもりだろうぜ」

発句帳をぱらぱらさせながら、小関はつぶやく。

立場が上の者からの招きを受ければ、人は誰でも緊張する。

一見すると浮かれているようでいながらも、どこか気が張るからだ。必ずや頃合いを見計らって辞去し、飲み直しをするつもりに違いない。

案の定、屋根船は減速し始めた。

船頭は櫓を竿《さお》に持ち替え、器用に船着き場へと寄せていく。

揺れが収まるのを待ち、平側衆が次々に降り立った。

続いて降りてきたのは、芸者衆と太鼓持ち。

誰もが屋根船に向かって、しきりに頭を下げている。

航行中より離れた位置から見守る神谷と小関には、声までは聞こえない。

それでも船に残った佐々岡に対し、誰もが敬意を表して止まずにいるのはよく分かった。

そんな様子を見守りながら、ぼそりと神谷が言った。

「山本が居らぬぞ、おやじどの」

「ほんとかい？」

慌てて小関は目を凝らす。

「間違いねぇ……あの欲深そうな面《つら》だけが見当たらねぇや……」

出立《しゅったつ》したときは間違いなく居た以上、まだ船の中ということだ。

程なく、屋根船はまた動き出した。

「こいつぁ稀有《けぶ》（奇妙）なことになっちまったな。大の男が二人っきりで、夜の川風に吹かれて涼もうってのかい？」

「ううむ、どうやら左様らしい……」

小関と神谷は、揃って首を傾げる。

一体、山本は何を考えているのだろうか。

解《げ》せぬのは、佐々岡の行動も同じだった。

そもそも十七日は危ないと気付いていながら、どうして船遊びをするつもりになったのかが理解しがたい。

「……これは話し合う所存なのやもしれぬな」

しばし思案をした後に、神谷は言った。

「佐々岡は山本に脅されておると申したであろう、おやじどの」

「ああ。出世を約束しろのどうのって、ほざいてやがるんだろ」

「左様。そのことを早々に何とかいたそうとして、昨日の今日で招いたのならば合点が行くというものぞ」

「どういうこったい、そいつぁ」

小関のいかつい顔が、困惑に歪む。

「だったら、最初《はな》っから山本だけ呼べばいいじゃねぇか?」

「いや、それでは佐々岡の面目が立つまいよ」

櫓を押しながら、神谷はつぶやく。

「己の弱みを握っておる相手といきなり二人きりで会《お》うては、図に乗らせるだけのことぞ。まずは同役の者たちを交え、酒とおなごの色香に酔わせた上で抜かりのう、話をしようという所存なのであろうよ」

「成る程なぁ……上つ方にも手練手管《てれんてくだ》があるってことかい」

「何事も見逃してはなるまいぞ。疾《と》く参ろう、おやじどの」

告げながらも休みなく、神谷は猪牙を漕ぐ。

端整な顔に浮かべた表情は、真剣そのもの。

ほとんどの乗客を降ろした屋根船は、思った以上に速かった。

引き離された間隔は、なかなか縮まらない。

「十郎、何も焦ることはねぇぜ」

小関がやんわりと告げてきた。

「ちょいと遠間《とおま》にゃ行かれちまったが、見失ったわけじゃねぇやな……二人して目ぇ光らせてりゃ、まず手遅れにゃなるめぇよ」

「かたじけない」

大汗をかきながら、ふっと神谷は笑みを返す。

思わぬ形で惨劇が起きるとは、共に夢想だにしていなかった。

最初に異変に気付いたのは、同様に遊び中のお大尽だった。

「おかしいねぇ、障子が開いて、手がぶらんと出てるじゃないか」

「酔っ払っていなさるんでござんしょう」

「いやいや、それなら取り巻き連中が介抱するだろうさ。お前たちなら、あたしが正体をなくしたのを放っておくかい？」

「いえ、そんな滅相もありません」

「だったら船を寄せて見ておいで。おーい船頭さん」

お大尽は自ら船頭に指示を与え、屋根船に近付けさせた。

よく見れば、障子紙を破って突き出た手はべっとり朱《あか》く濡れていた。

隙間から覗いてみると、中の座敷は血だらけ。

大身の旗本と思《おぼ》しき、まだ若いのに見るからに強欲そうな顔をした三十半ばの男が幾太刀も浴びて息絶えていた。

傍らで腰を抜かしていたのは恰幅《かっぷく》のいい、五十絡みの旗本だった。

「た、誰《たれ》かある！　く、曲者《くせもの》じゃ！」

「わっ、わっ」

「きゃーっ！」

太鼓《たいこ》持ちと芸者衆が悲鳴を上げる。

戦々恐々とする様を、神谷と小関は愕然《がくぜん》として眺めていた。

「どういうこったい、こいつぁ……」

信じがたい面持ちで、小関がつぶやく。

「お菊どころか鳥の一羽だって入り込んじゃいねぇのに、どうして山本が殺《や》られちまったんだい……え、そうだろうが⁉」

「わが目を疑《うたご》うておるのは俺も同じぞ、おやじどの……」

沈着冷静な神谷も、さすがに驚きを隠せなかった。

近くまで漕ぎ寄せずとも、様子を見張ることはできる。神谷はもとより小関も若い頃には得意の柔術だけでなく剣術道場にも出入りし、明かりを消した稽古場で打ち合う夜間稽古を通じて、夜目《よめ》を鍛えてあるからだ。

故に気付かれる危険を敢えて冒さず、十分な間合いを取っていたのだが——。

「斯《か》くなる上は致し方あるまい。この場は騒ぎが大きゅうなる前に退散いたすが賢明ぞ、おやじどの」

「ちっ、そうするしかなさそうだな……」

歯噛みしながら二人は頷き合った。

黙々と神谷は櫓を漕ぎ、小関はむっつり黙り込む。

これから依田に不首尾を報告するのは、甚《はなは》だ気が重かった。

しかし、今は体裁を気にしているどころではない。

一体、何者が山本に引導を渡したのか。

お菊の仕業ではないとすれば、その目的は何なのだろうか——。


悩んではかりいても始まらない。

猪牙を船宿に返した二人は、速やかに探索を始めた。

「今夜のうちに埒を明けるとしようぜ、十郎」

「うむ。夜を徹するのも厭《いと》うてはおられまい」

夜道をずんずん歩いて向かった先は、両国橋を渡ってすぐの柳橋。

屋根船から降りてきた芸者衆の顔触れから、どこの置屋に属しているのか察しを付けた上のことであった。

「よぉ姐さんがた、今夜のお座敷は災難だったらしいなぁ」

「何です旦那、藪から棒に」

「お役人に話すことなんか何もありませんよう」

「あたしたちに相手してほしけりゃ、どうぞお座敷に呼んでくださいな」

口々に小関をやり込める、女たちの態度は強気そのもの。

しかし、それは強がりに過ぎなかった。

百戦錬磨の芸者衆と言えども、無惨な亡骸を目の当たりにして平気で居られるものではない。

それに、事件の当事者から口止めをされているかもしれないのだ。

「まことに無粋ぞ、おやじどの」

やんわり告げつつ、神谷は小関を押し退ける。

「夜分に押しかけて相済まぬな、おぬしたち」

「まぁ、神谷の旦那もご一緒だったんですか」

たちまち相好《そうごう》を崩したのは、その置屋で一番の大年増《おおどしま》。かつての美貌も衰えて久しいものの音曲の腕は確かで、三味線弾きとしての人気は健在。今宵の屋根船での宴にも、若い芸者たちと共に呼ばれていた。

「その節は探索御用で世話になったな。重ねて礼を申すぞ」

ますから」

「いいんですよう。神谷の旦那のお役にならいつだって喜んで立たせてもらいますから」

「ちょいと姐さん、ずるいじゃないか！」

「そうだよ、姥桜《うばざくら》のくせに抜け駆けなんて！」

たちまち妹芸者の二人も身を乗り出す。

剣の遣い手として評判の早見に対し、神谷は北町一の色男と呼ばれる身。当人はもとより自慢などしないが周りが放っておかず、女たちばかりか奉行所の上役も変装映えする容姿を惜しみ、怠け者でも御役御免に出来ずにいた。

その容姿を今こそ活かすべしと、神谷は判じたのである。

「多くは問わぬ。船宿だけでも教えてはもらえぬか」

「それだけでいいのかい？」

「うむ。おぬしたちに障りがあっては、申し訳ないからな」

「相変わらず優しいねぇ、神谷の旦那は……」

大年増の芸者は嬉しげに微笑んだ。

神谷は見た目の良さだけでモテているわけではなかった。

町方同心と言えば伝法な口の利き方をするのが当たり前なのに、口調も態度も折り目正しい。それでいて気取ってはおらず、女子供にも優しく接してくれるのだから、評判が良いのも当然だろう。

そんな相棒のモテっぷりを横目に、小関はぶすっとしている。

毎度のこととは思いながらも、面白くない様子であった。


「ここは俺に任せてくんな、十郎」

芸者衆に教えてもらった船宿に着くなり、小関はそう言い出した。

「無茶をいたすでないぞ、おやじどの」

「なーに、ちょいと話をするだけさね」

それで済むとは思えない。

船頭が優男《やさおとこ》なのは、後の世の落語『船徳《ふなとく》』ぐらいのもの。腰を入れて櫓を漕ぐにはコツばかりでなく力も要るため、筋骨たくましい連中ばかり。この船宿も例に漏れず、ごつい男たちを抱えているはずだ。

しかし、小関は平気の平左。

「お前さんはここで待っててくんな。すぐに埒を明けるからよ」

そう言い置くや足取りも軽く歩み寄り、障子戸を引き開ける。

「帰《けえ》れ帰れ！　話すことなんざ何もねぇぞ！」

「まぁまぁまぁ、ちょいと奥で話そうじゃねぇか」

大男の船頭が怒鳴るのも意に介さず、小関は後ろ手に戸を閉める。

程なく、障子紙越しに悲鳴が聞こえてきた。

「わっ、わっ」

「ひーっ」

「サックリ明かしてくれよ、な？」

問いかける小関の声は余裕綽々《しゃくしゃく》。

もはや神谷の出番はなさそうだった。

「少々手荒すぎるぞ、おやじどの……」

苦笑しながら、神谷は路上でしばし待つ。

程なく、すっと障子戸が開く。

出てきた小関は複雑な面持ち。

「何としたのだ。おやじどの？」

「いや、ちょっとな……」

小関はいかつい顔を歪ませて、じっと神谷を見返す。

無理もないことであった。

江戸の夜が更けてゆく。

人形町を後にした神谷は八丁堀へ向かう道すがら、思わぬ事実を小関から聞かされていた。

「何っ、屋根船を手配したのは人形町の骨董屋であったのか⁉」

「ああ。恵比須屋《えびすや》って店さね」

驚く神谷に、ぼそりと小関は告げる。

「しかも、その恵比須屋のあるじの福兵衛は、お菊の父親……幸兵衛《こうべえ》の腹違いの弟なんだとさ」

「ということは、お菊の叔父ではないか」

いつも冷静な神谷も、さすがに驚きを隠せない。

「まさか、福兵衛は姪っ子の意趣返しに手を貸しておるのではあるまいな」

「ううん、そこんとこは何とも言えねぇんだがな……」

猪首を傾げて、小関は言った。

「とにかく、山本がお菊にとって憎い仇だったのは間違いのねぇこった。その仇が殺された船を実の叔父が手配したとなりゃ、こいつぁただの巡り合わせということじゃ片付けられめぇ」

「うむ……」

深々と頷きつつ、神谷は再び問いかけた。

「ところでおやじどのは、どうして恵比須屋のあるじのことを存じておるのだ」

「ああ、お前さんは知らねぇことだったな」

訳が分からぬ様子の相棒を見返し、小関は答えた。

「恵比須屋は贋作《がんさく》を専《もっぱ》ら商っていることで有名でな、騙しを食らって泣き寝入りをしている好事家《こうずか》が後を絶たねぇんだよ」

「贋作とな？」

「ああ。それも腕のいい職人に頼んでな、本物そっくりに仕上げてきやがるから質が悪いんだよ。割り引いたと見せかけて、二束三文の代物を馬鹿高い値で売り付けるなんざ、つくづく罰当たりなこったぜ」

「ならば何故に、我ら町方の調べが及んでおらぬのだ？」

「そこが困ったもんなんだよ、十郎」

小関は苦りきった顔で答えた。

「俺が今さっき締め上げた船宿のあるじが言うには、恵比須屋は佐々岡と昵懇《じっこん》の間柄なんだそうだ」

「まさか袖の下を受け取って、贋作売りを見逃しておると申すのか？」

「そういうこった。野郎ども、つくづくふざけてやがる」

小関のぼやきに、神谷は返す言葉がなかった。


そんな配下たちの葛藤をよそに、依田は自室で漢籍を紐解《ひもと》いていた。

日中の慌ただしさから解放されても怠けることなく、灯火の下で書物と接するのは元服した頃から変わらぬ習慣。なればこそ苦にはならない。

書見台に向かうばかりでなく、腕を磨くことも依田は忘れていなかった。

「どれ、寝る前にひと汗かくといたすか」

ひとりごちると書を閉じ、床の間の刀架に歩み寄る。

刀の鞘をすらりと払い、抜き身を手にして始めたのは素振りだった。

ひゅっ……ひゅっ……

刀を振りかぶり、斬り下ろす動きは規則正しい。

片膝を畳に着いて行えば、天井や鴨居《かもい》を誤って傷付けてしまうことはない。

静まり返った夜の座敷に、刀を振り下ろす音だけが絶えず続く。

と、依田の動きがぴたりと止まった。

「……小関か」

「へい。神谷も一緒でございやす」

「しばし待て」

依田は立ち上がり、傍らに置かれた黒鞘に刀を納める。

別に驚きもしないのは、影御用の配下に据えた二人の実力をもとより承知していればこそだった。

不寝番をしている内《うち》与力を出し抜くなど、小関と神谷にとっては容易いこと。同心でも隠密廻は奉行と直に話すことが許されているとはいえ、夜分に面会を申し入れれば手間がかかる。故に火急の折には形式にこだわらず、忍び込んでも差し支えないと、かねてより申し付けてある。

刀を床の間に戻した依田は上座に着き、すっと居住まいを正す。

「待たせたの。入れ」

「へい」

「失礼をつかまつる」

障子越しの呼びかけに応え、二人が入ってきた。

「話を聞こう……」

促す依田の態度は落ち着いたもの。

何を報告されても動じることなく、対処する所存であった。

七

翌日も朝から暑かった。

蟬の鳴く声があちこちから聞こえてくる中、小関と神谷は八丁堀を後にした。

北町奉行所に顔を出し、朝の点呼を受けた上のことである。

隠密廻と言えども、宮仕えなのは他の同心と変わらない。上役から急ぎの探索を命じられていなければ着流しに黒羽織を重ねた姿で出仕し、書類の整理などをするのが常だったが、大人しく内勤に励むつもりは毛頭なかった。

「おい、小関と神谷は居らぬのか？」

「はぁ、今し方まで茶など飲んでおりましたが」

「おのれ！　あやつら、また儂の目を盗んで怠けおったか!!」

筆頭同心が頭から湯気を立てていることなど意に介さず、二人は茅場町を経て人形町へと向かっていた。

「恵比須屋の福兵衛か……。とんでもねぇ野郎の名前が出てきたもんだなぁ」

「俺も昨夜は正直驚いたぞ、おやじどの」

「まさか佐々岡が後ろ盾とはな……」

小関のぼやきに応じて、神谷が言った。

「そのような黒きつながりが有るのならば、昨夜の不可解な顚末も得心《とくしん》できるというものだ。ふざけた限りではあるがな」

「そういうこった。福兵衛に船を手配させて、佐々岡が斬ったに違いあるめぇ」

小関は怒りを込めてつぶやいた。

「ゆんべの船頭どもが吐いたとおりで間違いがなけりゃ、福兵衛の野郎は佐々岡のためにしょっちゅう船を仕立ててやってるみてぇだな」

「うむ……どのみち、女遊びのためであろうよ」

答える神谷の口調は呆れ気味。

佐々岡が並外れた色好みであることは、かねてより町奉行所でも知られていた。小納戸で同役だった依田が箝口令《かんこうれい》を敷いているため大した噂にはなっていないが、何とも呆れた話である。

「まったく、ふざけた野郎だぜ」

ぼやき交じりに小関が言った。

「そのことなら、船宿のあるじが教えてくれたぜ。玄人《くろうと》だけじゃ飽き足らず、素人《しろうと》女まで取っ替え引っ換えやりたい放題……いい歳をして慎みのねぇこった」

「そこまでよくぞ聞き出せたな、おやじどの」

「ま、ちょいと骨を外させてもらった後のこったけどなぁ」

にやりと小関は笑って見せた。

「さすがだな、おやじどの」

感心しつつ、神谷は続けて問いかける。

「して、船頭どもは昨夜のことを何と申しておったのだ？」

「それ、それ、そこんとこが本題だよな」

勢い込んで小関は言った。

「船に近付いた者は誰一人居ねぇ。山本の呻《うめ》き声と嫌な音が交互に聞こえてきたと思ったとたんに、ムッと血が臭ってきたそうだ。定廻の取り調べにゃ何も知らない聞いてないの一点張りで押し通したみてぇだが、へっ、俺にはだんまりなんざ通用しねぇよ」

「左様であったのか……まことに大したものぞ、おやじどの」

「おいおい、褒めたところで何も出ねぇぜ」

「今の話で十分だ。やはり、これは佐々岡の仕業に違いあるまい」

確信を込めて、神谷は言った。

「船宿のあるじが申したとおりであれば、山本を亡き者にすることができた者は佐々岡を措《お》いて他には居らぬ。刀を見れば一目瞭然であろうよ」

「そういうこった。野郎の差料には、血と脂《あぶら》がべったり付いてたはずだぜ」

「さもあろう。もっとも刀身を検《あらた》めることなど、無理な話であるがな……」

つぶやく神谷の口調は切ない。

同じ公儀の役人でも、御側衆と町方同心では天と地の開きがある。

正攻法では、まず太刀打ちできないのだ。

「仕方あるめぇよ、十郎」

慰めるように、小関が言った。

「どっちみち手遅れだったろうさ。今頃は研師にたんまり金を掴ませて、誰にも知られることのねぇように手入れをさせてやがるに違いあるめぇよ」

「うむ……」

神谷は思わず空を仰いだ。

ぎらつく陽射しにも増して、町方同心の現状はキツい。

悪党の行状を知っていながら、見逃さざるを得ないのだ。

いつも冷静な神谷も、重ねてぼやかずにはいられなかった。

「力ある者とは恥を知らぬのだな、おやじどの」

「まったくだぜ。できることなら、相手にしたくはねぇけどよぉ」

「ともあれ、福兵衛を締め上げようぞ」

「そういうこった。お菊の叔父となりゃ余計に怪しいからな」

そんなことを言いながらも、小関は慎重さを失わずにいた。

「後ろ盾は糞でも御側衆……手荒な真似は控えなくっちゃなるめぇな、十郎」

「もとより承知しておる。ここは辛抱強く攻めるといたそう」

「へへっ、隠密廻の本領発揮といこうぜ」

足早に歩を進めながら、二人は前向きに言葉を交わす。

八丁堀から人形町までは、ほんのひとまたぎの距離である。

もっとも怪しいのは同乗していた佐々岡だが、町方役人が天下の御側衆を取り調べることなど叶わぬ以上、ここは福兵衛に食い付くより他にあるまい。

しかし、相手は一筋縄《ひとすじなわ》ではいかなかった。

「お前さん、どうしてお歴々とご一緒しなかったんだい」

「ははは、あたしなどが同席しても華にも何もなりませぬからな。お膳立てだけさせていただいて、後は船頭さんと太鼓持ち、芸者衆にお任せしましたので」

「人ひとり死んでいるのだぜ。何とも思わねぇのかい」

「もちろんお気の毒ではございます。ですが、何も存じませんのでね」

福兵衛は終始穏やかな笑みを絶やさず、小関の問いかけを受け流していた。

人の好さげな顔をして、かなりのしたたか者である。

もはや引き上げるしかない小関と神谷だった。

事件の取り調べに専従する廻方同心が収穫なしで退散してくるほど、情けないことはあるまい。そんな口惜しさを重々承知しながらも、奉行所で朗報を待っていた早見は責めずにいられなかった。

「こいつぁどういうことなんだい、お二人さん」

「……………」

「……………」

吟味方の用部屋に居るのは、早見と神谷、小関のみ。

障子越しに射すだけでじりじりする、盛夏の西日がキツい。

「黙ってちゃ何も分からねぇだろうが、えっ⁉　一体どこのどいつが山本を冥土に送りやがったのか、教えてくれよ！」

声を荒らげる早見も、しんどい限りであった。

「そんなもん、佐々岡がバッサリやったに決まってんだろうが‼」

「だが手証は何もないのだぞ。まさか刀を検めるわけにも参るまい……」

神谷の嘆きは町奉行所のみならず、目付の限界でもあった。

御側衆ともなれば、たとえ老中といえども手は出せない。

山本を斬ったのが佐々岡だとしても、裁くことはできないのだ。

「こいつぁお菊とは別の思惑が絡んでいるんじゃねぇのかい、早見よぉ」

「黙っててくれねぇか、おやじどの」

小関を押しとどめ、早見は苛立《いらだ》たしげにつぶやいた。

「与七の奴、何をぐずぐずしてやがる……」

第三章　群《ぐん》醜《しゅう》

一

早見たちが己の無力さを噛み締めていた頃、依田はまだ江戸城中に居た。

思わぬ事態が起きた翌日であっても、日々の勤めは休めない。

町奉行は朝四つ（午前十時）に毎日登城し、老中の諮問《しもん》に答えるなどの政務をこなす。市中の司法と行政が御用繁多な折には早めの下城も許されたが、何事もなければ昼八つ（午後二時）になるまで表《おもて》と呼ばれる、本丸御殿で諸役人が働く一角を出られぬのが常だった。

今日も依田は詰所である芙蓉《ふよう》之間で、南町奉行の山田《やまだ》肥後守利延《ひごのかみとしのぶ》と席を並べて座っていた。

「ふぅ……毎日のことなれど、気疲れするのう」

茶坊主が淹《い》れてくれた煎茶をひと口啜《すす》り、山田がぼやく。

と、依田がおもむろに腰を上げた。

「肥後守どの、後はよしなにお頼み申す」

「うむ」

言葉少なに頷《うなず》いて、山田は見送る。

同僚の依田が暗殺奉行を兼任しており、家重公から密命を下されて影の御用を果たしているのを、かねてより承知の上なのだ。

思わぬ事実を知った当初は大いに取り乱したものだったが、今では秘密が露見するのを防ぐため、さりげなく気を配るまでになっていた。

されど、手放しに賛同しているわけではない。

如何《いか》なる外道《げどう》であろうと、やはり法の下に裁かれるべきである。

将軍が命じていることとはいえ、御法破りを黙認するのは町奉行として遺憾《いかん》な限りであった。

しかし、世の中には正攻法では埒《らち》が明かぬことも多い。

こたびの旗本殺しも、そうだった。

（やはり裏で始末を付けざるを得ぬのか……）

胸の内でつぶやきながら、山田はぬるくなった茶を飲みほした。

ついに犠牲者が四人となった旗本殺しだが、表沙汰《おもてざた》にはされていなかった。

これから先も未来永劫《えいごう》、明るみに出ることはあるまい。

朝一番で老中から通達が出され、目付による調べが打ち切られたので町奉行所も向後《こうご》は助勢するには及ばぬ、つまりは手を引けと言われてしまったのだ。

しかし、人の口に戸は立てられぬものである。

すでに江戸市中には旗本たちが物の怪《もののけ》に取り殺されたという噂が広まり、事件が起きた晩には決まって喪服姿の女があちこちに出没し、供の女中に牡丹《ぼたん》の絵が描かれた提灯《ちょうちん》を持たせ、夜の町を恨めしげに彷徨《さまよ》っていると、怪談めいた話まで囁《ささや》かれている始末だった。

殺害された四人の平側衆は間違いなく、物の怪などではなく人の手に掛かって果てている。川開きの夜に渡辺三蔵の亡骸《なきがら》を残し、現場から逃げ出すのを水茶屋の者に目撃された、武家女の仕業《しわざ》と見なすべきだろう。

だが老中も若年寄も、本気で解決する気など有りはしない。

更に上の立場の者から、圧力をかけられたと見なすべきだろう。

将軍を別とすれば、そんな真似ができるのは御側御用取次のみ。

成り上がり者の若造として幕閣じゅうから疎《うと》まれている、田沼意次では無理な相談だが、古参で老中たちの信頼も厚い大岡忠光には可能なはず。

（何事も和を尊ばれる、あの御仁《ごじん》ならば有り得ることぞ……）

空にした碗を置き、山田は深々と溜め息を吐《つ》く。

このところ、御側衆の内部は二分しつつある。

佐々岡大悟が年下の平側衆たちを味方に引き入れ、田沼を追い落とさんと画策しているからだ。

当年四十八歳になる佐々岡の前職は、小納戸頭取《とうどり》。

今を去ること二年前、配下の荻野新太郎が家重公愛用の井戸茶碗を偽物とすり替えて密かに売却し、不当な利を得た事実を暴いて御側衆に抜擢《ばってき》され、早々に平側衆ながら幅を利かせるに至った。

思えば命 冥 加《いのちみょうが》なことである。

本来ならば管理不行き届きの責を問われ、昇進どころか罷免《ひめん》させられていてもおかしくはなかったはず。

異例の出世を遂げたのは荻野を成敗する前に口を割らせ、取り引きした骨董商を突き止めて、茶碗を無事に取り返した功を認められたが故だった。

井戸茶碗は好事家《こうずか》にとっては垂涎《すいぜん》の的であり、幾ら出そうと惜しくはない。元は将軍家の秘蔵の品だったとなれば、尚のことだ。

もしも調べが付かなければ大名か豪商の手に渡って隠匿《いんとく》され、二度と戻ってはこなかっただろう。家重公が佐々岡に深い感謝の念を抱き、大岡と田沼に次いで信頼を預けたのも、無理からぬことだった。

かかる経緯で、佐々岡はとんとん拍子《びょうし》に出世したのである。

単に運が良かっただけではない。

期待に応え、任を全うできるだけの実力も備えていたのだ。

佐々岡は傲岸不遜《ごうがんふそん》で押しが強く、幕閣のお歴々に対して一歩も退《ひ》かぬほど腹が据わっている。平側衆でありながら若い田沼が手に負えぬ相手にまで睨《にら》みを利かせ、反対を押さえ込むことによって、家重公から更なる信頼を勝ち得ていた。

あのような男が組織に必要なのは、山田も分かる。

佐々岡が吉宗公の存命中から長らく小納戸の役目を務め、昇進も頭取どまりで依田のように若い頃から華々しく、徒士頭《かちがしら》から目付、作事奉行を経て北町奉行と出世するに至らなかったのは、何も無能だったからではない。

組織において起こりがちな軋轢《あつれき》を物ともせず、上役から任された御用を果たすためには何事も押し通すところが重宝され、歴代の小納戸頭取が手放すことなく便利に使っていたのである。

そんな苦労に幸運が加わって、今や御側衆という、太平の世においては直参旗本の頂点と言える立場にまで上り詰めたのだ。

しかし、あの男の本性はしたたかであった。

大岡と田沼に次ぐ立場になると同時に、小納戸頭取だった頃の配下から四人も御側衆に迎え入れて、己の派閥を形成したのである。

目的は、目障《めざわ》りな田沼を失脚させること。

強面《こわもて》でしっかり者の後輩を装い、年下ながら先輩の田沼を力強く支えていると周囲に見せかけながら、対抗するために足場を固めていたのである。

その平側衆たちが、続けざまに亡き者にされてしまったのだ。

しかし、こたびの事件は結果として、佐々岡に有利に働いた。

欠員を補充するために登用された新任の平側衆は、誰もが田沼に対して敵意を剝《む》き出しにする一方で、佐々岡に同情を寄せて止まない。そればかりか、前任者を殺害させている黒幕は田沼ではないかと、疑ってさえいる始末だった。

（噂を流したのは佐々岡か……あやつならば、やりかねぬ）

胸の内でつぶやきながら、山田は視線を巡らせる。

佐々岡が二度まで恵まれた幸運は、田沼にとっては進退に関わる危機。

あのままでは御側衆は完全に分裂しかねず、将軍の政務を支える日々の御用に障《さわ》りが出るのは必定だった。

そんな事態を鎮《しず》めるために大岡忠光が動き、殺された平側衆たちを病死扱いにすると同時に調べを打ち切らせたのだとすれば、辻褄《つじつま》が合う。

大岡は御側衆の束ね役だ。御側衆の現状を憂い、事件そのものを揉《も》み消すべく強権を発動し、老中と目付に指示を出したとしても不思議ではなかった。

すべてを無かったことにしてしまえば、誰も田沼を疑ったり、追及することができなくなる。そうなれば佐々岡も下手に動けず、この機に乗じて田沼を追い落とすわけにもいかなくなって、御側衆の分裂はひとまず収まることだろう。

だが民心の動揺は、そう簡単には鎮まるまい。

騒ぎに乗じて旗本殺しを始める模倣犯がもしも現れれば、それこそ公儀の威信は地に堕《お》ちてしまうだろう。

このままでは、いけない。

南町奉行としては遺憾なことだが、まともなやり方で埒が明かぬとなれば思いきった手を打つのも止むを得まい。

山田は左様に判じればこそ、もはや依田の邪魔をしないのだ。

(頼むぞ、和泉守)

御法破りの悪党退治に賛同してはなるまいと思いながらも、席を立った依田の行動に期待を寄せずにはいられぬ山田であった。

二

芙蓉之間を後にした依田が、粛々《しゆくしゆく》と長い廊下を渡っていく。

表を後にして、向かった先は中奥《なかおく》。

将軍が日中の大半を過ごす場所だけに、当然ながら警備は厳重。

二年前に起きた荻野新太郎の一件以来、小姓や小納戸といった将軍の身の回りの世話をする者はもとより、茶坊主に至るまで多少なりとも武芸の心得のある者が主に選ばれ、不測の事態に備えている。

もっとも、依田の目から見ればまだまだ甘い。

(どやつもこやつも、命のやり取りをした覚えはなさそうだな……ただ一人でも歴戦の士に入り込まれてしまえば、物の役にも立つまい……）

依田が小納戸の一員として中奥に詰めていた頃は、こうではなかった。

すべての者が亡き吉宗公の密命を奉じ、影の御用の悪党退治を担っていたわけではないものの、有事に対処し得るだけの手練《てだれ》が揃っていた。

だが、時代が下れば人の質も下がるのが世の常である。

江戸城中においても、例外ではない。

（真の手練は野に在るものぞ……やはり、手駒を町奉行所の配下たちから選んだは賢明であったな……）

そんなことを考えながら、依田は黙々と歩を進める。

着いたところは、御側衆の詰所。

将軍の御座所から少し離れた場所に設けられた一室では、恰幅《かっぷく》のいい、五十絡みの裃《かみしも》姿の男が煙管《キセル》をふかしていた。

同役の大岡と田沼が将軍の側近くに侍《はべ》っている間の、休憩中らしい。

「佐々岡さま」

「おお、和泉守どのか」

佐々岡大悟は悠然と振り向いた。

眉が太く唇の厚い、見るからにふてぶてしい面構《つらがま》え。

生来の傲慢《ごうまん》さが、体じゅうから漂い出ている。

三歳上の依田とは共に小納戸として働いていたこともあるが、亡き吉宗公から一度も影の御用を任されずじまいだったため、何の警戒もしていない。

「しばし待て。今し方、一服つけたばかりである故な」

依田を敷居際に座らせたまま、佐々岡は紫煙をくゆらせる。

「ふぅ……まこと、責ある身とは楽ではないわ」

盛大に吐き出した煙が臭かった。

無礼な真似をされたものだが、止むを得まい。

老中や若年寄をも黙らせる権限を有する立場にしてみれば、北町奉行など取るに足らぬ存在だからだ。

依田のことなど配膳に手違いがありながら吉宗公から大目に見られ、幸いにも出世を重ねて今に至った、命冥加な奴としか見なしていないのだろう。

こういう輩《やから》の相手などしたくはないが、この男に直《じか》に探りを入れることができるのは依田のみ。早見らに任せるわけにはいかぬ以上、何事も辛抱である。

「失礼をつかまつります」

煙草を吸い終えたのを見届けて、依田は敷居を越えた。

「昨日は大ごとでありましたな。思わぬ災厄に見舞われたそうで……」

「これ、声が大きいぞ」

煙管を片付けながら、佐々岡は顔をしかめた。

「その件ならば、すでに片は付いておる。おぬしら町奉行にも、老中から早々に話があったはずぞ」

「もとより承《うけたまわ》っております。されど、どうにも気懸かりでございましてな」

「どういうことじゃ」

「山本どのを亡き者にせし賊が次なる狙いは、畏《おそ》れながら佐々岡さまのお命ではないかと存じまして……」

「ふっ、埒もないことを申すな」

佐々岡は苦笑した。

「屋根船を襲いし賊は儂《わし》になど目も呉《く》れず、山本のみを斬り捨てて遁走《とんそう》しおったのだぞ。あやつには気の毒なれど、事は終わったと見なしてよかろう」

「されば、もはやお命を狙われることなど有り得ぬと？」

「左様。案じるには及ばぬ故、余計な真似はいたすでないぞ」

「配下をご警固に差し向けずとも、よろしいということですか」

「言うに及ばぬ。この佐々岡大悟、まだ不浄役人の手を借りるほど落ちぶれてはおらぬわ」

「これはとんだ失礼を申しました。どうかお許しくだされ」

「まぁ、気持ちだけは受けておこうぞ。今はともかく、昔は同じ釜の飯を食った仲であるからの」

「ははーっ、有難き幸せに存じます」

依田は深々と頭を下げる。

尊大な物言いをされても、表情ひとつ変えはしなかった。

「されば、御免」

重ねて平伏すると、依田は詰所を後にする。

田沼から声をかけられたのは廊下に出て、しばし歩いた後のことだった。

「和泉守どの……」

「何用か、主殿頭どの」

「ち、ちと話をさせてはもらえぬか」

告げる口調に、いつもの高慢さは感じられない。

「こ、こちらへ」

行き交う諸役人の目を気にしながら、手近の座敷に依田を連れ込む。明らかに怯《おび》えている様子だった。

「き、貴公、佐々岡と何の話をしておったのだ？」

「ただのご機嫌伺《うかが》いにござるよ」

「いや、そんなことはあるまい」

端整な顔を引きつらせ、田沼は問うてくる。

「小納戸の同役であった貴公にならば、あやつも思うところのひとつやふたつは明かすはず……教えてくれ、佐々岡はそれがしに何をいたす所存なのだ⁉」

「落ち着きなされ、主殿頭どの」

呆《あき》れながらもにじり寄り、依田は田沼の背中を撫《な》でてやった。

「声も大きゅうござるぞ。壁に耳あり障子に目ありと申すであろう」

「す、すまぬ」

「何を案じておられるのか存ぜぬが、余り思い詰めぬが肝要ぞ」

「かたじけない……」

田沼は弱々しく息を吐く。

日頃の自信に満ちた態度とは打って変わった、何とも哀れな姿であった。

(父御《ててご》が豪胆さの半分も受け継いでおれば、如何なる折にも泰山《たいざん》不動の心持ちで居《お》られるであろうに……やはり、似ておるのは顔だけらしいの)

背中をさすってやりながら、依田は胸の内でぼやく。

一方で、田沼に同情を寄せてもいた。

立たされた状況は、たしかに厳しい。

傲岸不遜ながら人望のある佐々岡に平側衆を掌握されてしまう一方で、恃《たの》みの大岡は中立を保つばかり。口うるさかった小納戸あがりの連中がいなくなっても状況は変わるどころか、さらに悪くなっている。四人を殺害させたのは田沼ではないかという噂が城中に広まって、今や大奥にまで届いていたからだ。

何とか気丈に振る舞ってきたものの、最大の後ろ盾である大奥の女たちに不信を抱かれてしまっては、心が折れても無理はなかった。

だが、いつまでも落ち込んでいられては困る。

田沼が役目を全うできなくなれば御側衆、ひいては家重公までもが佐々岡の意のままに操られてしまう。

古参で良識ある大岡が間に立っていてくれる間は何とかなるだろうが、現職にいつまでもとどまっているとは限らない。

ここは田沼の踏ん張りどころ。

いつもの自信満々な態度が本物であることを、今こそ証明してほしい。

「しっかりせい、おぬし」

依田は田沼の背中を叩く。

「和泉守どの……」

「これしきのことでくじけて何とするのか？　父御が泣いておられるぞ」

田沼の亡き父である意行《おきゆき》は、紀州藩主から八代将軍となった吉宗公より、当初から影の御用を仰《おお》せつかっていた男。いずれ息子が授かった折には自分よりも出世をさせてほしいと願い、数々の危険な役目を遂行した強者《つわもの》だった。

その息子の出世を見届けることなく、五十の若さで病《やまい》に果てた意行が今の姿を目の当たりにすれば、喜ぶ前に情けなくなるに違いない。

日頃の腹立ちをひとまず堪《こら》え、こたびは田沼のためにひと肌脱ごう——依田はそんな気持ちになっていた。

田沼も大概だが、佐々岡の傲慢さは目に余る。見過ごしていれば、いずれ大岡が居なくなった後の御側衆を牛耳《ぎゅうじ》られるのは明らかだった。

このままでは、いけない。

なればこそ依田は直に接触を試み、探りを入れたのだ。

顔を合わせてみたところ、やはり怪しい。

先程に限ったことではない。

佐々岡は配下を続けざまに殺されても動揺を示すことなく、平然として日々の務めをこなしていた。

昨夜は四人目の山本が殺害される現場に居合わせ、無惨に斬殺されるのを目の当たりにしたというのに、のんびり紫煙をくゆらせていられるほどに、何の衝撃も受けていなかった。

生来豪胆な質《たち》とはいえ、堂々としすぎだった。

表向きは平静を装っていても内心で不安を抱えていれば、煙草を吸っても落ち着かず、何度も詰め替えて火を点《つ》け直さずにはいられぬはずだ。

何故《なにゆえ》に、斯《か》くも平然としていられるのか。

考えられる理由は、ひとつしかなかった。

（平側衆たちは、あやつの指図によって亡き者にされたのではあるまいか……）

四人目の山本に至っては、自ら手を下した可能性が高い。

昨夜のうちに聞いた神谷と小関の報告によると、山本が殺害されたのは屋根船の中で佐々岡と二人きりになった後のこと。船に近付いた者は誰も居らず、水中から忍び寄った形跡も認められなかったという。

これは佐々岡自身が山本を斬り捨てた上で目撃者を装った、狂言と見なすべきであろう。

北町奉行の立場では裁くどころか、捕らえることも叶《かな》わない。

しかし、影の御用の標的として名指しされれば話は違う。

そのためには、佐々岡の本性を家重公に知らせる必要がある。

（動かぬ手証《てしょう》さえ摑《つか》めば上様も御目《おめ》を覚まされ、必ずや密命を下されるはず……かねてより早見らに警固をさせておいたのが、吉《きち》と出そうだの）

胸の内でつぶやきつつ、依田は田沼の手を取った。

「大事ないか、主殿頭どの」

「うむ……重ね重ね、かたじけない」

恥ずかしげに答えると、田沼は先に部屋から出て行った。

虫が好かぬ男だが、亡き朋輩《ほうばい》の息子と思えば助けてやりたい。

（致し方あるまい。何事も上様の御為《おんため》ぞ）

決意も固く、依田も廊下に立つ。

中奥へ戻っていく田沼の後ろ姿は、まだ頼りない。

すれ違う小姓や小納戸ばかりか、茶坊主の視線にもいちいち動揺し、裃の肩衣《かたぎぬ》をぴくり、ぴくりと揺らしていた。

懸命に平静を保とうとしているものの、佐々岡のしたたかさには程遠い。

（仕方ないのう）

こたびは助け船を出すのもやむなしと、思いを新たにする依田であった。

三

このところ、佐々岡は外泊を繰り返していた。

口うるさい妻女と我が儘《わがまま》な娘が待つ屋敷に寄りつかず、いつも泊まった先から乗物を迎えに来させて登城している。

将軍直属の家臣である旗本が事前に公儀へ届けを出さず、屋敷を空けることは禁じられていた。江戸城に火の手が上がるなど不測の事態が生じたとき、速やかに駆け付ける責を負っているからだ。

しかし、佐々岡はそんなことなど微塵も意に介さずにいた。

将軍家の威光を、本音では屁《へ》とも思っていないのだ。

（惚《ぼ》け将軍め、いずれ儂の傀儡《かいらい》にしてやろうぞ……あのような出来損ないが武家の棟梁《とうりよう》を仰せつかっておるのは日の本の恥……必ずや引きずり落としてくれるわ）

不敵に薄笑みながら乗物に揺られ、着いたところは向島《むこうじま》。

富裕な商人たちが寮を構える、江戸の近郊でありながら風光明媚《めいび》な地だ。

佐々岡が訪れたのは周囲を生け垣に囲まれた、瀟洒《しようしや》な構えの一軒だった。

中間《ちゆうげん》が揃えた雪駄《せった》を履き、佐々岡は乗物から降り立った。

供侍がかしこまった態度で告げてくる。

「されば殿、明朝にお迎えに上がります」

「うむ」

言葉少なに答えると、佐々岡は二重顎《にじゆうあご》をしゃくる。

陸尺《ろくしやく》たちが乗物を担ぎ上げた。

「ははは、知るも知らぬも……か」

粛々と去り行く一行を見送り、佐々岡はつぶやく。

軽いと思われぬように肩と腰を沈めながら歩を進めているので、傍目《はため》には人を乗せていると見えるはず。

「さて……」

ひとりごち、佐々岡はいそいそと寮に入っていく。

奥の座敷では、一人の男が膝を揃えて待っていた。

「お待ち申しておりました、殿さま」

「おお、恵比須屋か」

うやうやしく迎えられ、佐々岡は上機嫌。

「支度《したく》は調《ととの》うておるか？」

「はい。常の如く、ご酒《しゅ》もお料理もご用意しております。女もおっつけ参りますので、ごゆるりとお待ちになってくださいまし」

「ふふ、長くは待てぬぞ」

「それはそれは、頼もしゅうございますな」

そつなく調子を合わせながら、福兵衛は佐々岡を上座に着かせる。

十畳ほどの座敷には調度品ばかりでなく、書画骨董も揃っていた。

「いつもながら、どれも見事なものだのう」

酌を受けつつ、佐々岡は感心した様子でつぶやく。

「それが手前の商いにございます故……万事抜かりはございませぬ」

満面の笑みで応じる福兵衛は、あくまで如才ない。

姪の意趣返しを助けるため、憎い男たちを罠に嵌《は》めて回っている。

そうとは思えない、行き届いたもてなしぶりであった。

夜伽《よとぎ》の相手を頼んだ芸者の駕籠《かご》が到着したのと入れ替わりに、福兵衛は向島の寮を後にした。

人形町の店に戻ると、お菊とおけいが待っていた。

「ご無事でしたか、叔父上！」

「ははは、何をお言いだい」

血相を変えてにじり寄ってきたお菊に笑みを返し、福兵衛は言った。

「あたしはこれでも商人なのだよ。お武家とは名ばかりの色惚《いろぼ》けに思うところを勘付かれるほど甘いようじゃ、お店なんて張っていられないよ」

「そうですよ、お嬢さま」

おけいも笑顔で口を挟んできた。

「福兵衛さまはまことに商い上手。お嬢さまが意趣返しの費《つい》えに不自由なさらずに済んでおられるのも、そのおかげなのですよ。どれほど大物だろうと、おさむらいなんぞに後《おく》れを取ったりしやしませんから、どうかご心配なさらずに」

「そうだったね、おけい」

お菊は福兵衛に向き直り、恥じ入った様子で告げる。

「叔父上……要らぬ心配をしてばかりで、ご恩返しもできずにすみません」

「いいんだよ、お菊。案じてくれて、ありがとう」

福兵衛は手を伸ばし、姪の頭を撫でてやる。

「ほんとにお前は幾つになっても気持ちの優しい、良い子だねぇ」

「そんな、恥ずかしゅうございます」

「ありがとう、ありがとう」

夜更けの店に他の者はいなかった。

骨董の商いは、目利きのあるじが一人でやっても事足りる。品物の買い付けに飛び回るとなれば若い者も必要だが、福兵衛はどういう伝手《つて》があるのか仕入れに事欠かず、得意先から所望された品を長く待たせず、確実に手に入れてくるのが常だった。妾腹の生まれだが、お菊の父、幸兵衛とは仲がよく、布袋屋から暖簾分けされた恵比須屋の切り盛りも、兄に引けをとらない。

そんな商売上手の叔父の後ろ盾を得て、意趣返しは着々と進んでいる。

ただひとつ、お菊が気がかりなのは昨夜の出来事。

手筈《てはず》どおり屋根船に乗り込む前に、的《まと》の山本が殺害されてしまったのだ。

「どういうことでありましょうか、叔父上」

「ううん、実はあたしにも分からないんだよ」

人の好さそうな顔をしかめて、福兵衛は言った。

「まぁ、人様の恨みを山ほど買っていた男だからねぇ……。もしかしたら、誰かが代わりに始末を付けてくれたんじゃないのかい」

「えっ……」

「どうしたんだい、お菊」

福兵衛が驚いた様子で問うた。

「あたしはただ、当て推量で言っただけだよ。まさかお前、誰か思い当たるお人でも居るのかい。新太郎さまとお姑《しゅうとめ》さまのご無念を汲み取って、代わりに手を下してくださるようなお人が？」

「いえ、そんなことはありませぬ」

「ははははは……そうだろう、そうだろう。世の中にそんな都合のいい奴が居てくれたら、何もあたしたちが苦労して意趣返しをすることもないからねぇ」

慌てて打ち消す様を、福兵衛は笑顔で見やった。

「とにかく、何も案じるには及ばないよ。あたしが聞き込んできたところじゃ、町方はもちろん御目付筋も、調べを打ち切ることになったそうだ」

「まことですか、叔父上」

「もちろん、ほんとだよ。御城勤めのさる殿さまがこっそり明かしてくださったことだから、間違いないさね。これでお役人の目にびくびくせずに、心置きなく本懐を遂げられるというもの……よかったねぇ、お菊」

「よろしゅうございましたね、お嬢さま」

「かたじけのう存じます。おけいも今までありがとう」

「何をおっしゃいますか、水臭い」

「そのとおりだよ。あたしたちは一心同体……そう約束し合った仲じゃないか」

三人は上首尾を喜び合った。

「おかげさまで、もうすぐ夫と義母《はは》の無念を晴らせます……」

「うむ、うむ」

「最後までお供をさせていただきますよ、お嬢さま」

うなずく福兵衛とおけいは感無量。

喜びの余り、お菊は涙まで流していた。

「ほら、着物が濡れてしまうよ」

すかさず福兵衛は手ぬぐいを取り出し、お菊の顔を拭いてやろうとする。

そこにおけいが割り込んだ。

「いけませぬよ、福兵衛さま」

「どうしてだい？　私はこの子の叔父なのだよ」

「親しき仲にも礼儀ありと申しましょう」

手ぬぐいを取り上げたおけいは怖い顔。

「お考えになってみてくだされ。新太郎さまがあのようになられて後《のち》、お嬢さまは殿御を一切寄せ付けずにおられるのです。叔父御とはいえ、福兵衛さまも立派な男……馴《な》れ馴れしゅうなさってはなりませぬ」

「分かった、分かった。お前に任せるから、そんな顔をしなさんな」

苦笑しながら、福兵衛は姪から離れる。

おけいに涙を拭いてもらい、お菊は落ち着きを取り戻した。

「大丈夫かい？」

「はい」

改めて恩人たちに向き直り、お菊は言った。

「おかげさまで平側衆の四人は死に果て、残すところはただ一人、佐々岡のみとなりました。あやつを討ち取りし後は永《なが》のお別れとなりますが、どうか後のことをくれぐれも、よしなにお頼み申します」

「うん、うん。もう何も言いなさんな」

「お嬢さまの菩提《ぼだい》は私が出家し、生涯をかけて弔わせていただきます。あの世で新太郎さまとお幸せになられることを、心より祈っておりますからね」

「ありがとう、おけい……」

「ああ、また泣いちまったのかい」

「手を出してはなりませぬ、福兵衛さま！」

しめやかながらも賑々《にぎにぎ》しいやり取りだったが、三人の絆《きずな》は揺るぎない。

共に復讐を果たす誓いも新たにして、最後の標的である佐々岡大悟を成敗することに全力を尽くす所存のお菊であった。

（出来た叔父さんとお女中じゃねぇか。これじゃ俺の出る幕はあるめぇ……）

天井裏で気配を殺したまま、与七は胸の内でつぶやいた。

お菊の身を案じて、忍び込んでいたのである。

もしかしたら福兵衛がお菊を裏切り、佐々岡と結託しているのではないか。

かかる疑念を抱いたが故の行動だった。

屋根船の中で刀を振るったのは紛れもなく、佐々岡のはずだ。

神谷と小関だけでなく、与七自身も密かに大川端で目を光らせていたのだから間違いなかった。

配下を死に至らしめた理由は定かでないが、お菊はもとより他の誰も屋根船に入り込んではおらず、船中で抜刀して斬り捨てたとしか考えられない。

どのみち刀に血脂《ちあぶら》が残っていたところで誰にも検《あらた》められぬのだから、人ひとりを斬れるだけの腕前と度胸さえあれば、容易《たやす》かったことだろう。

神谷と小関が調べを付けたところによると佐々岡は小納戸だった頃、辻斬りを繰り返していたらしい。

浅草の奥山で聞き込みをした折に、大道芸人たちが明かしたことだ。

狙うのは、その日暮らしの貧しい者ばかり。

芸人仲間も幾人となく殺されていたが、相手が旗本では訴え出ても取り上げてはもらえずじまいで、今に至っているという。

その佐々岡と福兵衛が裏で手を組み、何も知らぬ姪をそそのかしているとすれば一大事。最後の的を仕留めるつもりで乗り込んだとたん、返り討ちにされてしまうのがオチだ。

そんなことをさせてはなるまい。

もしも福兵衛が裏切っていれば、ただでは置くまい――。

なればこそ与七は誰にも言わず、独りで忍び込んだのだ。

しかし、どうやら杞憂《きゆう》であったらしい。

お菊には福兵衛だけではなく、女中のおけいも付き添っている。

しっかり者の彼女が居れば何があっても未然に気付き、お菊を逃がしてくれることだろう。

毎夜の如く語り合っていたとき、お菊はこう言っていた。

『おけいは私にとっては姉も同然。まことに頼りになる人なのですよ』

嬉々《きき》として語った言葉を、与七は信じたい。

故に朝まで粘ることなく、速やかに立ち去ることにしたのだ。

三人のやり取りは、まだ続いている。

「こうしておると昔を思い出しますね、おけい」

「何ですかお嬢さま、藪《やぶ》から棒に」

「ほら、お父さまにこっぴどく叱られて、叔父上のお店にご厄介《やっかい》になったことがあったでしょう」

「お嬢さまが瑠璃《るり》のおさかずきを割られたときですね」

「そうそう。箱に蹴《け》つまずいただけだったのに、粉々になってしまって」

「ああ、そのことだったら私も覚えているよ。義兄《にい》さんらしくもなく、かんかんになっちまったもんだから落ち着かせるのに難儀をしたねぇ」

「その節はすみませんでした、叔父上」

「なーに、可愛いお前のためだもの。何も苦にしちゃいないよ」

　和やかなやり取りをよそに、与七は屋根伝いに去っていく。

　後ろ髪を引かれる想いを抱きながらも、これより先は立ち入ってはなるまいと固く心に決めていた。

四

　翌日も朝から快晴だった。

「いらっしゃいませ。どうぞごゆるりとご覧になってくださいまし」

父親の留守を預かり、お菊は甲斐甲斐《かいがい》しく店番をしていた。

幸兵衛が出向いた先は本所の押上村《おしあげむら》。

上客の一人である、豪農の家に呼ばれたのだ。

布袋屋の取引先は数多く、得意先には遠方に住んでいる者も少なくない。

御府外《ごふがい》の客は泊まりがけで先方から出向いてくるが、日帰りで行き来のできる範囲であれば幸兵衛は自ら足を運んで、話を聞く労を厭《いと》わなかった。そうやって地道に信用を積み重ねることによって、客の数を増やしてきたのだ。

そんな父のためと思えば、お菊も手伝わずにはいられない。安い器や皿ばかり物色する客にも嫌がることなく、笑顔で応対していた。

と、暖簾《のれん》を割って福兵衛が顔を見せた。

「まぁ、叔父上」

「いつもご苦労さんだねぇ、お菊」

笑顔で応える福兵衛の手には、細長い風呂敷包み。

密かに研《と》ぎに出した小太刀《こだち》を、届けに来てくれたのだ。

折よく客足は途絶えていた。

「ゆうべはまだ、研ぎ上がっていなかったもんでね……」

福兵衛は包みを解き、取り出した小太刀の鞘《さや》を払う。

「見てのとおり、時はかかったが仕上がりには抜かりなしだ。鯉口《こいぐち》が甘くなっていたのも直してもらっておいたから、もう鞘走っちまう心配はないはずだよ」

「かたじけのう存じます、叔父上」

「どういたしまして」

今一度笑みを返すと、福兵衛は立ち上がった。

「それじゃ、御免よ」

「そんな叔父上、せめてお茶でも」

「気持ちだけで十分だよ。それに私も義兄さんに負けず、商いに励まなくっちゃならないからね」

福兵衛は勤勉な男であった。

幼くして母親を流行《はや》り病で失い、お菊にとっては祖父に当たる布袋屋の先代に引き取られて、骨董商の修業を積んできた。日陰の身の暗さをまったく感じさせぬ明るさと優しさは、今のお菊にとって何よりの救いである。

もちろん、甘え過ぎてはなるまいが——。

「いろいろ申し訳ありませぬ、叔父上」

「えっ、何のことだい？」

「い、いえ」

「ははは、可笑《おか》しな子だねぇ」

「す、すみません」

「いいんだよ。お前はそういうところも可愛いのだからね」

人の好さげな顔で微笑みながら、福兵衛は草履を履いた。

「それじゃ、また来るよ」

「はい……お待ち申し上げております」

見送るお菊の胸は暖かい。

身内の情というものを、改めて有難いと思わずにはいられなかった。


福兵衛が笑みを絶やさずにいたのは、日本橋から遠ざかるまでのことだった。

人形町に戻ったとたん、すっと表情がかき消える。

誰彼構わず愛想を振り撒くほど、この世で無駄なことはない。

年少の頃から、福兵衛はそう思い定めていた。

商いは腕次第。

相手の欲しいものをいち早く見抜き、目移りする隙を与えることなく、与えてやれば金になる。

ただ、それだけのことなのだ。

ところが、その日の客は一筋縄ではいかなかった。

恵比須屋で待っていたのは、でっぷり太った壮年の客。

背の高い手代を付き従えた、商家の隠居と思《おぼ》しき男であった。

「あのー、探しておる茶碗があるんだがのう」

「はいはい、何でございましょう」

福兵衛が珍しく愛想を振り撒いたのは、相手を田舎者と見なせばこそ。

言葉遣いだけでなく、雰囲気も野暮ったい。

それでいて、妙に鋭いことを言う。

切り出されたのは、思いがけない話だった。

「あのー」

「何ですか、ご隠居さま」

「お前さんのお店では、たしか井戸茶碗を扱《あつこ》うておいでだったのう?」

「ははは……滅相もございませんよ」

「いやー、間違いなく覚えがあるんだがのう」

とぼけた調子ながら、自信に満ちた物言いであった。

「あれはちょうど二年前、水無月《みなづき》のことじゃった。公事《くじ》の訴えで江戸に出てきたのはいいものの、なかなかお役人が取り上げてくださらず、暇を持て余して町をぶらついておったとき、たまたま儂《わし》はこちらに寄せてもらったのじゃ」

「左様でございましたか。そういえば、お目にかかっておりましたね」

「よかったですね、ご隠居さま。やっとご主人が思い出してくださいましたよ」

すかさず手代が口を挟んできた。

「頼みますよ、ご主人。焼き物には贋作《がんさく》も多いそうですし、どうか間違いのないようにお願いしますね」

口調こそ柔らかいが精悍《せいかん》な顔立ちをした、見るからに男臭い雰囲気の持ち主である。とぼけているようでいながら目付きは鋭く、油断できない。恐らく用心棒を兼ねているのだろうが、福兵衛にしてみればやりにくい限りだった。

（忌々《いまいま》しい手代だなぁ。こいつさえ居なけりゃ注文をとっとと取り付けて、偽物を高値で売り付けてやれるのに……）

そんな狡猾《こうかつ》な商いも、この主従には通用しそうにない。

何よりも閉口させられたのは、隠居の執拗《しつよう》さであった。

「二年前じゃ、二年前！　あの茶碗、もう売れてしもうたのかのう？」

「ですからご隠居さま、手前の店ではそのような逸品など一遍たりとも仕入れたことはございませんので」

「それはお前さんの勘違いじゃろう。儂には間違いなく覚えがある！　ほんとのことを言うてくだされ、大黒屋《だいこくや》さん」

「いえ、手前の屋号は……」

「はて、弁天屋《べんてんや》さんじゃったかのう」

「違います！」

さすがの福兵衛も、平静を保てなくなってきた。

うっちゃっておこうとしても、隠居はしつこい。

「何じゃお前さん、井戸茶碗を出してくださるのか？」

「違いますよ。こちらはお得意さまからご注文の、白磁《はくじ》の壺で……これからすぐにお届けに上がらなくてはなりませんので」

「そうか、そうか。お前さんも忙しいのか」

「はい、そういう次第でございますのですみませんが」

「それなら、うちの手代に代わりに届けさせるがのう」

「いえ、そんな……」

「遠慮しなくてもええじゃろうが。これ馬吉《うまきち》どん、お使いをしておくれ」

「はい、喜んで参りますとも」

手代が勢い込んで身を乗り出す。

こういうとき、奉公人を置いていない福兵衛は困ってしまう。

もっとも、数人がかりでも追い出せそうにはなかった。

「どちらへお届けに上がりましょうかね、ご主人」

ぐいぐい迫る手代は、見た目以上に屈強であった。

胸板の張りは分厚く、腹筋が割れているのが着衣越しにも分かる。

そんな精悍な男に身を寄せられては、抗《あらが》いようもない。

このままでは、面倒な隠居と二人きりになってしまう。

「二年前の井戸茶碗じゃ、井戸茶碗！」

「お届け先はどちらなんですか、ご主人？　迷ったときは町方のお役人に訊いてみますから、どうかご心配なさらずにお任せくださいまし」

「あのー、お二人とも……」

「茶碗じゃ、茶碗！」

「お使い、お使い!!」

とんだことになってしまったものである。

こんな目に遭うと分かっていれば、あのまま布袋屋でお菊を相手に心にもない美辞麗句《びじれいく》を並び立てていたほうが遥かにマシであった。

「分かった分かった、分かりましたよ！」

堪らずに福兵衛は声を張り上げた。

「あの茶碗はたしかに一時《いっとき》、うちの店にございました。ですが売り主の方が急に気が変わられて、持って帰られてしまったのです。それからは何遍お訪ねしても売りたくないの一点張りで、どうしようもありませんので」

「おやおや、そういうことじゃったのか……残念だのう……遅すぎたのう……」

「ご隠居さまぁ、どうか気を落とさずに」

がっくりと肩を落とした隠居を、手代は慰める。

「お役に立てずにすみませんねぇ。どうぞまたのお越しを」

作り笑いで送り出す福兵衛は、苛立ちながらも安堵《あんど》していた。

思わず口を滑らせてしまったものだが、どのみち老い先短い客だ。手代も力はありそうだが頭はそれほど良さそうには見えず、井戸茶碗の話をあちこちに触れ回られるとも思えない。

すべてが小関と早見が打った芝居であるとは福兵衛はもちろん、布袋屋で店番をしているお菊も与り知らぬことだった。


引き上げた福兵衛と入れ替わりに、おけいが奥から姿を見せた。

「お嬢さま、お掃除が済みました」

「ご苦労さま、おけい」

お菊は笑顔で労をねぎらった。

おけいは働き者である。

今に始まったことではなく、捨て子だったのをお菊と共に、布袋屋の娘同然に育てられていた頃から、そうだった。

若後家となったお菊と共に出戻ってきてからは尚のことで、いつも進んで家事をこなしてくれている。おかげで男やもめの幸兵衛も助かっており、お菊も安心して店の手伝いに専念できていた。

だが、そんなおけいが思わぬことを言い出した。

「あの、出かけてきても構いませぬか」

「どこに行くのです」

「それがその、願掛けをしたいと思いまして……」

「願掛けですって？」

「お嬢さまの仇《あだ》討ち成就《じょうじゅ》を願いまして、深川の八幡さまへお参りに行きたいのでございます」

「まぁ……」

反対する理由は何もない。

お菊は巾着《きんちゃく》から二枚の一朱金を取り出し、おけいに握らせた。

「一枚はお賽銭《さいせん》にしておくれな。後はお前の好きに遣いなさい」

「そんなお嬢さま、多すぎますよ」

「いいんですよ。これから私に入り用なのは、これだけですもの」

つぶやくお菊の手には六文銭。

巾着の中身は、店を手伝うたびに幸兵衛がくれる駄賃を貯めたものだった。

金は生き残る者が持っていてこそ、値打ちがある。

死にゆく自分のためには三途《さんず》の川の渡し賃だけ残しておけば、それでいい――。

「さ、行っておいで」

「はい」

おけいは一礼すると奥に引っ込み、裏口から表に出た。

まず向かったのは船宿。

同じ町内ではなく、隣の町まで来た上のことであった。

女の足でも歩いて近いはずなのに、無駄遣いをするものである。

だが、散財はそれだけでは終わらなかった。

「ご苦労さん」

永代橋まで送ってくれた船頭に駄賃を弾み、門前町をぶらつきながら惜しげもなく櫛《くし》にこうがい、紅白粉《べにおしろい》を買い込んでいく。

そんなおけいの後ろ姿をじっと見つめる、端整な男女の姿があった。

「どうぞ、ごゆっくり」

その美男と美女を部屋まで案内し、女中はそそくさと立ち去った。

辰巳屋に限らず、水茶屋では客に余計なことを詮索しないのが、商いの基本とされている。もちろん過日のような刃傷沙汰《にんじょうざた》は二度と御免だが、金さえ払ってくれれば何をしようと干渉などしないし、好きにしてくれればいい。

そんな扱いをされることに、神谷は慣れていなかった。

「どうされましたか、旦那さま」

「い、いや……」

おたみに問われて答えることもできず、神谷は顔を背《そむ》けるばかり。

今日の神谷は袴を穿いた、武士らしい装いである。

常にも増して貫禄十分だったが、顔が赤い。

黙って座したおたみを目の前にして、どぎまぎするばかり。

「すす、すまぬな。こ、これも御役目の上のこと故、かかか、勘弁いたせ」

「心得ております、旦那さま」

「かかか、かたじけない」

そんな神谷に一礼し、すっとおたみは腰を上げた。

均整の取れた体に、涼しげな白絣《しろがすり》の着物が映えている。

「旦那さま、失礼をいたします」

「う、うむ」

廊下に出て行くのを見送って、神谷は深々と溜め息を吐いた。

装いと化粧を調えた美しさにばかり、圧《お》されていたわけではない。

初めて二人きりで外出し、共に歩いて感じたのは、

(やはり上背があるな……下駄でも履かれた日には、俺など見下ろされてしまうやもしれぬ……)

ということだった。

神谷もそれほど小柄ではないものの、いつも屋敷の玄関で迎えてもらうたびに少々圧倒される気がするのが常だった。

おたみは新平の計らいにより、神谷家に通い奉公をしてくれている。今一人の女中であるおとみと一日ずつ交代で、家事をしにやって来るのだ。

小柄でぽっちゃりしていて愛らしいおとみと違って、おたみは臈長《ろう》けた、瓜実《うりざね》顔《がお》の佳人である。

それでいて男たちに媚《こ》びを売らず、常に落ち着いて振る舞える。

なればこそ、神谷独りでは入れぬ水茶屋で、調べを付ける手伝いをしてもらうのにふさわしい――。

左様に判じて同行を頼んだものの、こうして連れて来てしまうと動揺せずには

いられなかった。

岡場所通いならば慣れているはずなのに、どうして震えてしまうのか。

床が延べられた部屋で独りきり、神谷は悶々とするばかり。

らしくない動揺を鎮めたのは、戻ったおたみの一言だった。

「来ましたよ、旦那さま」

「まことか？」

「はい」

「かたじけない」

神谷は窓辺に忍び寄った。

いつもと変わらぬ、機敏な動きである。

眼下に向ける視線の鋭さも、常と同じであった。

そんなあるじの姿を、おたみは無言で見守っている。

出番が回ってきたのは、階段を上る足音が絶え、同じ廊下に連なる部屋の襖が閉められた後のことだった。

「おたみ、頼むぞ」

無言で頷き、おたみは再び廊下に出る。

向かった先は今し方、女が訪れたばかりの部屋。

相手の男が長らく待ちわびていたことも、すでに調べ済みだった。

おけいは足取りも軽く階段を上り、二階座敷の襖を開ける。

相手の男は布団の上に腹這《はらば》いになり、手持ち無沙汰な様子で部屋に備え付けの絵草子をめくっていた。

「おいおい、遅かったじゃないか」

「すみませんねぇ、ちょいと買い物をしてたもんで」

悪びれることなく答えながら、おけいは買い物の包みを下ろす。

と、その腕が引き寄せられた。

「また無駄遣いかい。まったく女は……お前はお菊と違って金がかかるねぇ」

「ほほほ、それがいいって言ってませんでしたっけ」

何食わぬ顔でうそぶきつつ、おけいは自分から抱き付いていく。

「旦那とあたしは似た者同士。だからウマが合うんですよ」

「ちょいと黙ってなさい、せっかく乙《おつ》な気分なのに」

「うふふ、せっかちだこと」

にっと笑うと、おけいは唇を重ねていった。

相手の男は待ってましたとばかりに、熱烈に舌を絡める。

お菊がこの場に居合わせたら、腰を抜かしていただろう。

「あたしも乙な気分になってきましたよ、旦那ぁ」

「よし、よし」

頭を撫でる福兵衛は満面の笑み。

いつもは人の好さしか感じさせないしぐさが、今はいやらしいばかりだった。

そんな爛《ただ》れた男女の営みに、おたみは無言で目を向けていた。

かんざしを着物の袖口に忍ばせ、襖に小さな覗き穴を開けたのは、先ほど廊下に出たときのこと。

それだけでなく、おけいの到着が遅れているのを幸いに部屋を間違えた振りをして、直に面体も確かめた。

すみませぬと詫びて去った彼女を福兵衛は怒鳴り付けるどころか、あんぐりと大口を開けて見送っただけだった。

思わず涎《よだれ》まで垂らしていたのを、おたみは見逃さなかったものである。

そのときに覚えた興奮が、福兵衛の中にまだ残っていたらしい。

「あー、抱きたい……」

「何ですよ、旦那ぁ。いつものとおり、ご存分にしてくださいな」

思わず漏らした男の本音に気付かず、おけいは身をくねらせる。

当のおたみの表情に変化はない。

黙ったまま淡々と、悪しき二人のつながりを見届けるのみであった。

五

その頃、常の如く登城していた依田は中奥に呼ばれた。

朝一番で田沼に託した調べ書きに、家重公は早々に目を通してくれたらしい。

「和泉守どの。すべては佐々岡大悟が仕業と申すはまことなのか……との仰せにござる」

「天地神明に誓《ちこ》うて、偽りではございませぬ」

田沼の口を介した問いかけに、依田は謹厳《きんげん》な面持ちで答える。

神谷と小関が探索し、早見が吟味した結果を踏まえての回答である。

まずは佐々岡が福兵衛と結託していることを突き止め、そこから調べを進めた上でのことだった。

家重公が愛用の茶碗を偽物とすり替えるのは荻野新太郎に限らず、佐々岡にも十分可能。上役の小納戸頭取だったのだから、片付けたのを確認するなどと適当な理由を付ければ、尚のこと怪しまれまい。

そうやって持ち出した茶碗を売り飛ばしたと見せかけて福兵衛に預け、城中で荻野に罪を押し付けて成敗した上で回収し、しばらく間を置いた上で、さも苦労して取り戻したかのように装って、家重公に恩を売ったのだ。

かかる事実が判明したのは、小関の手柄。

『へっへっ……お奉行、俺の七方出《しちほうで》も馬鹿にしたもんじゃねぇでしょう？』

『ほんとに舌ぁ巻かされちまったぜ、おやじどの』

得意げに胸を張り、朝一番で報告に及んだ小関の傍らでは、早見も満足そうに微笑んでいたものである。

二人は骨董好きの隠居とお付きの手代になりすまし、何食わぬ顔で恵比須屋を訪れて、かつて井戸茶碗を店に置いていた事実を福兵衛に白状させたのだ。

ちなみに早見が同行したいと志願したのは、正体を知られている神谷の代わりを務めるためだけではなかった。

『俺はまだまだ甘いですね、お奉行』

『何と申すか、おぬし？』

『恥ずかしながら、俺ぁおやじどのを見くびっておりやした。十郎、いや神谷のことも、何をやってるんだって焦れるばかりで……』

『成る程のう、その見方が甘かったと言うのだな』

『みんな大したもんですよ。与七だって、きっとそうだと思いやす』

『ならば信じてやるがよい。委細は任せる故、引き続き調べを進めよ』

今朝はそんなやり取りを経た上で、登城したのである。

配下たちはそれぞれに、労を惜しむことなく励んでくれている。

依田もまた、力を尽くさなくてはなるまい。

(佐々岡め。これより先の勝手は許さぬぞ)

あの男の欲望は度しがたい。

何より許せぬのは己が欲望を満たすため、何ら躊躇《とまど》うことなく罪無き者たちを踏みにじってきたことだ。

ここから先は依田の推量であるが、まず外れてはいないと確信していた。

小納戸の頃からの配下だった平側衆が四人とも殺害されたのは、実は佐々岡が巧妙に仕組んだ、口封じではなかったのか。

佐々岡一人で斬り捨てれば、もしや荻野は潔白だったのではないかと周囲から疑いをかけられかねない。

故に配下たちと共謀し、成敗するのを手伝わせたのであれば合点が行く。

小納戸から御側衆への抜擢は、本来ならば有り得ぬ出世。

そんな美味《おい》しい餌《えさ》に釣られたとはいえ、罪もない朋輩を手にかけるとはまことに許しがたい。四人のうち三人までが色仕掛けによって果てたのも、自業自得であろう。

山本に至っては欲を掻き、佐々岡を脅しにかけたのが災いして命を縮めた。

外道同士で殺し合ってくれたのは実に結構なことだが、最後の巨悪と言うべき佐々岡がまだ残っている。

始末を付けてやらねば、荻野はもとより、息子の潔白を訴えて自害した母御の一重《ひとえ》も浮かばれまい。

「今一度調べを付けた上で、始末をさせていただきとう存じます。何卒《なにとぞ》お許しを願いたく、伏してお頼み申し上げます」

黙ったままの家重公に言上する、依田の表情に迷いはない。

あくまで佐々岡を信じると返されたときは、是非もあるまい。

無礼の報いとして詰め腹を切らされようとも、悔いはなかった。

と、家重公が田沼の耳元で何やらささやいた。

「御意……」

謹《つつし》んで頷くと、田沼は依田に向き直った。

「和泉守どの。上様の仰せにござる」

「ははっ」

平伏したのを見下ろして、田沼は続ける。

「実を申さば、佐々岡が振る舞いには余も少なからず不信を抱いておった。そのほうが疑いのとおりであれば、断じて許せぬ。四人の平側衆を手にかけし慮外者《りょがいもの》を裁くのは申すまでもなきことなれど、佐々岡にも耐えがたき恥辱を与えてやれとの仰せにござる。抜かりのう、御用を果たしていただきますぞ」

告げる口調は折り目正しくも力強い。

佐々岡に対する怒り故、そうせずにはいられないのだ。

しかし依田は黙ったまま、じっと頭を下げている。

何も田沼のために、影の御用を為すわけではない。

大事な配下の面々を危険な目に遭わせるのは、この賢《さか》しらげな御側御用取次のためとは断じて違う。

直参旗本にとって無二の主君である征夷大将軍——今は亡き吉宗公と、暗愚なようでいて実は聡《さと》い家重公の御為に、やっていることなのだ。

(公私混同いたすでないわ、若造め)

胸の内でつぶやきながら、依田は微動だにせずにいた。

と、家重公がおもむろに腰を上げた。

「お、御上」

慌てる田沼に構うことなく、向かった先は依田の前。

ぺたんと座るや、手を伸ばす。

肩を摑んで引き起こす力は、意外なほど強かった。

それでも振り払うのは容易いが、相手は征夷大将軍。

逆らうことなく、依田はすっと上体を起こす。

家重公は面と向かって命じたいのだ。

言葉が不自由でも、目は口ほどに物を言う。

依田に視線を合わせてくる、家重公の瞳は力強い。

将軍家の威光を屁とも思わぬ、佐々岡の悪行が許せない。

無言の内に、そう訴えかけていた。

「しかと心得申しました。ご下命、謹んで相務めまする」

改めて、依田は深々と頭を下げた。

ちなみに家重公が高価な井戸茶碗を平気で普段使いにするのは、何も値打ちを知らぬほど愚かというわけではなく、好事家の間では当たり前のこと。

そんな通人《つうじん》ぶりを察せられずに馬鹿将軍と決め付け、大事な茶碗をすり替えた佐々岡こそ重ね重ね許しがたい、慮外者であった。


その夜、与七は布袋屋に向かって懸命に駆けていた。

依田から密命の内容を聞かされて早々に、北町奉行所を抜け出したのである。

このままではお菊が危ない。

影の御用となった以上、もはや表立って庇《かば》うこともできないのだ。

かくなる上は、逃げてもらうより他にあるまい——。

ところが、忍び込んだ部屋はもぬけの殻《から》。

喪服と小太刀も見当たらない。

文机《ふづくえ》の上には父の幸兵衛に宛てた書き置きがあり、意趣返しを終えたら新太郎さまの許に参ります、どうか先立つ不孝をお許しくださいと、水茎《みずくき》の跡も麗々しく記されていた。

「くっ！」

歯嚙みしながら、与七は表に抜け出していく。

と、背後から殺気が迫る。

「俺だよ」

早見だけでなく、神谷と小関も来ていた。

かねてより与七の動きを見逃さず、お菊の存在を突き止めていたのだ。

裏切っているのを、もとより承知の上だったのだ。

この場で叩き斬られても、文句は言えまい。

「……………」

「ぼやぼやしてる暇はねぇぞ、与七」

気まずく黙り込んだ与七を責めることなく、早見は言った。

「仕上げの舞台は向島の寮らしいぜ」

「旦那……」

「これまでの殺しの段取りを付けてたのも福兵衛よ。だがな与七、あのイカサマ野郎は、とんだ裏切りもんだったぜ」

「どういうこってす、お菊さんはあんなに信じて……」

「かわいそうに騙《だま》されてたんだよ。お付きの女中にも、な」

ぼやく小関に続いて、神谷が告げる。

「俺とたみが調べを付けたのだ。あの女中は爛《ただ》れた仲の福兵衛ともども、お菊を憎み抜いておる。それこそ殺したいほどに……な」

「そんな、馬鹿な……」

「馬鹿はおめーだ。今まで何をしてたんでぇ」

どんと早見が背中をどやしつける。

「世の中が救いようのねぇ奴らだらけなのは、俺たちよりもおめーのほうが重々承知のはずだろうが？　お菊さんの周りもご同様だったってこったぜ」

「いや、尚のこと酷い話ぞ」

神谷が静かに口を挟んだ。

「すべてを知れば、お菊どのは耐えがたい想いをするはずだ……それこそ自ら命を断ちたくなるほどに、な」

「……」

「そのとき力になってやれるのは与七、おぬしだけぞ」

「旦那」

「ともあれ、今は救うてやることのみを考えよ」

「そうそう、要するに俺も、おめーにそう言ってやりたかったんだよ」

早見が照れ臭そうに微笑んだ。

「急ぎな、与七。まずは助けた上のことだと、お奉行も仰せだったぜ」

「恩に着やす、旦那がた！」

だっと与七は駆け出した。

後のことはどうでもいい。

裏切り者と見なされて、後で斬られようとも構うまい。

願うはただ、お菊の無事のみであった。

第四章　裏切りし者たち

一

大川の上は今宵も賑わっていた。

「愉快、愉快」

「わははははは」

広い川面《かわも》を納涼の船が幾艘も行き交い、ほろ酔い気分で談笑している乗客たちの歓声や三味の音が、川岸まで聞こえてくる。

両国で花火が上がった川開きの夜から、ちょうどひと月が経っていた。

宝暦三年の六月二十八日は、陽暦では七月の末。日中はうだるような暑さでも陽が沈めば涼しく、船を仕立てて漕《こ》ぎ出せば川風が心地いい。

きっちりした装いをしていても汗だくにならずにいられるのは、武家女らしく折り目正しい姿のお菊にとっても幸いだった。

能天気な人々を乗せた船々の間を縫い、猪牙《ちょき》はぐんぐん漕ぎ進む。速いだけに揺れも大きいが、体の軸をぶらさずに座っていれば大事はない。

お菊は形よく背筋を伸ばし、毅然《きぜん》と顔を上げている。

可憐さを残した美貌を、牡丹《ぼたん》の提灯《ちょうちん》が照らしていた。

提灯を掲げるおけいの膝元には、喪服をくるんだ風呂敷包み。今宵は逃走用の扮装ではなく、仇《あだ》討ちの装束として用いることになっていた。

まずは佐々岡に一服盛って動きを封じ、その上で装いを改めて、謹んで本懐を遂げようという段取りなのである。

福兵衛は向島に借りた寮へ先に赴《おもむ》き、痺《しび》れ薬を仕込んだ酒を言葉巧みに勧めてくれているはずだった。お菊が到着して喜んだのも束の間、わが身が意のままに動かなくなったところに恨みの刃を突き付けられ、悪事の報いに引導を渡されることになるのだ。

お菊が旗本たちを殺すのは、無念を残して死んだ夫と義母を弔《とむら》うため。

締めくくりの装いは喪服にしようと、最初から決めていた。

いつもは人目をごまかすために偽の紋を上から貼り付けているが、今宵は堂々と荻野の家紋を佐々岡に見せつける所存であった。

　喪服に入っている荻野家の紋は、丸に沢瀉《おもだか》。葉の形が矢じりに似ており、勝草とも呼ばれるため沢瀉は武家では縁起がいいとされ、家紋としても好んで用いられる。この紋が入った装束を着けるのは死者を弔うだけではなく、負けられぬ戦いに臨《のぞ》む上でもふさわしいことと言えよう。

　もちろん、お菊も敵を甘くは見ていない。

　首尾よく薬が効いたとしても、油断は禁物であった。

　佐々岡は悪党ながら腕が立つ。

　それも稽古や試合で負け知らずというだけではなく、本身《ほんみ》を振るって人を斬ることに慣れていた。

　亡き夫と姑の慰霊を兼ねて、目くらましを頼んでいた大道芸人たちの話によると佐々岡は辻斬りを繰り返し、数多《あまた》の罪無き弱者を手にかけているという。浅草の奥山で一目置かれる居合抜きの浪人者も余りの非道ぶりに憤りを覚え、一度は斬ろうと思い立ったものの、いざとなると足がすくんで断念せざるを得なかったと恥じた様子で明かしてくれた。

三尺物の大太刀を自在に操り、巻き藁《わら》を抜き打ちの一刀で斬るという、並の腕では難しい見世物を披露してのける手練《てだれ》でも、あの男には勝てぬのだ。か弱い女の身にとっては尚のこと、難敵と認めざるを得まい。

それでも、負けるわけにはいかなかった。

お菊とて、凡百の剣客に引けを取らぬだけの腕は持っている。

小太刀《こだち》の修行をしたのは、まだ菊代《きくよ》と呼ばれていた頃のこと。

女だてらに若い頃は腕利きと評判を取ったという、亡き姑の一重の指導の下で稽古をみっちり積まされ、余りの厳しさに隠れて泣き、そのたびに夫にこっそり慰めてもらったものだが、負けじと手を抜くことなく励んだ甲斐《かい》あって、自信を持って戦うことができている。

そんな下地があればこそ三人の旗本を相手取り、何とか仕留めてきたのだ。

今のお菊ならば博識なれど武芸の心得が不足していた荻野はもとより、一重と相対しても引けは取らぬはず。

佐々岡とて、生身の人間であることに変わりはない。

油断することなく仕掛ければ、きっと討ち取れるはずだった。

(覚悟なさい、佐々岡大悟)

決意も固く、お菊は胸の内でつぶやく。

ひっきりなしに行き交う納涼船の賑わいも、耳には届いていなかった。

頭に有るのは、ついに残すところ一人となった仇《かたき》を見事に討ち取り、意趣返しの悲願を完遂することのみ。

後は一重の最期を見習い、潔く自害して果てるだけであった。

余人には理解しがたい決意であろう。

斯《か》くも悲壮な胸の内を知れば大抵の人は驚き呆れ、巴御前《ともえごぜん》でもあるまいし、女だてらに命を捨てて戦わなくてもよいではないか、と止めるに違いない。

若い身空で自ら破滅に突き進むなど、悲惨すぎる。

死んで花実が咲くものか。生きてさえいれば、きっといいこともある。

まして、お菊は美しい。

きっと縁談を望めば引く手数多なのだから、なるべく条件のいい相手を選んで嫁ぎ直し、女の幸せを改めて手に入れればいいではないか——。

下手《へた》に本音など打ち明けたところで、そんな的外れな助言と説教をされるのがオチだろう。

もとよりお菊は、再婚など望んでもいない。

彼女にとっての幸せは、亡き夫の荻野新太郎と暮らした歳月のみ。

若くして骨董をこよなく好み、布袋屋に出入りしていた荻野が看板娘のお菊と知り合って親しく口を利くようになり、互いに愛し愛され、祝言を挙げるに至るまでの日々を含めた、四年間がすべてだった。

もちろん苦労は多々あった。

慣れない武家暮らしに戸惑い、失敗をしては一重に叱られ、荻野に慰められて気を取り直しはするものの、また懲《こ》りずにしくじりをしてしまう。思い起こせば最初の半年ほどは、そんなことの繰り返しであった。

しかし、人は幾つになっても学び、成長せずにはいられぬものだ。

お菊が前向きになれたのは一重が厳しくも辛抱強く、何事もいちから手ほどきをしてくれたからこそ。そこに無垢《むく》な夫の優しさが加わって、慌ただしくも満ち足りた日々を送ることができたのだ。

平凡な、されど毎日が幸せに満ちていた暮らしを無慈悲に奪い取った、五人の男どもが許せない。

まして佐々岡はお菊が荻野家に嫁ぐとき、町家と武家が婚礼を挙げる際のしきたりで仮親を務めた立場でもあったのだ。

菊代という武家女としての名も、養女となった折に付けてもらった。

上役と同時に仮親であればこそ荻野も信頼を寄せ、小納戸の役目の上でキッい御用を命じられても嫌な顔ひとつせずに励んでいたというのに、無実の罪を着せられたばかりか、問答無用で斬り殺されてしまったのである。

仮にも養父となった身でありながら、どうしてそんな非道ができるのか。

同じ年で役目に就き、見習いの頃から苦楽を共にしてきた仲でありながら夫に迷わず刃を向けた、四人の朋輩《ほうばい》も同罪だった。

お菊とて、いきなり御法破りの意趣返しを始めたわけではない。

夫の汚名をそそぐべく、一重と共にあちこちへ訴えて回ったものである。

骨董をこよなく愛した夫が人様の大事な品を、しかも畏《おそ》れ多くも上様の御茶碗を偽物とすり替えて、売り飛ばすことなど有り得ない。たしかに世間で好事家と呼ばれる者に手段を選ばず、目を付けた書画骨董を我がものにしようとする輩が多いのは残念ながら事実なれど、夫は断じてそんな類《たぐ》いの人間ではない、きっと何かの間違いです――と懸命に、あらゆる伝手《つて》を頼って切々と訴えかけた。

しかし公儀の役人は、誰も取り合ってはくれなかった。

終《しま》いには荻野の親類縁者からいい加減にしろと止められ、お菊は愛する夫の喪が明けるのを待つことも許されず、無理無体に実家に戻された。

そして一重は独りきりで息子の四十九日を弔い、その日を最後に明け渡すことが決まっていた屋敷の部屋で、自害を遂げたのだった。

悪い予感がしたお菊が屋敷に駆け付けたときにはすでに遅く、一重は武家の女の作法どおりに白装束をまとって両の足首をきっちり縛り、愛用の小太刀で喉を突いて果てていた。

旗本屋敷は将軍家から拝領したものであり、家名断絶となれば他の旗本が移り住んでくる。そのことを承知の上の自害であったが、せめて畳を汚さぬようにと白布の下に油紙を敷き詰め、襖にも血が飛ばぬようにして息絶えた一重の姿を目の当たりにしたとき、お菊は最期まで持ち前の几帳面《きちようめん》さを貫き通した姑の気丈さに涙せずにはいられなかった。

早いもので、あれから二年。

今年は亡き夫、そして姑の三回忌であった。

死者を供養する節目の年はまだまだ続くが、年忌がすべて明けるまで辛抱してはいられぬし、この先も哀しみに耐えながら生きていられる自信はなかった。

故に自ら剣を取り、憎い五人の仇を討ち取るために立ち上がったのだ。

四人目の山本軍四郎には残念ながら恨みの刃を浴びせられなかったが、結果として報いを受けた形となったので、良しとしても構うまい。

後は佐々岡さえ葬り去れば、お菊の復讐は完結する。

最も手強《てごわ》い相手だが、許せぬ気持ちも一番強い以上、返り討ちにされてしまうわけにはいかなかった。

(貴方、お義母《かあ》さま……どうか私に武運をお授けくださいまし……)

決意も固く、お菊は帯の後ろに仕込んだ小太刀の柄《つか》を握り締める。

この一振りは義母から譲り受けたもの。

正しくは、自害に用いていたものを密かに持ち出したのである。

最初はお菊自身、同じ小太刀で命を絶ちたいと願ったが故の行動だった。

だが、後を追っても意味が無いのにすぐ気が付いた。

悪党とは、反省するという行為を知らない生き物のことを言う。

一重に続いてお菊まで自害をすれば、泣き寝入りどころか死人に口なし。何と都合のいいことかと、高笑いをされるのがオチだろう。

ならば恨みを宿した刃で、思い知らせてやるべきだ。

馬鹿は死なねば治らない。

悪党どもも、またしかり。

(待っていなさい、佐々岡大悟)

視線も鋭く、お菊は行く手の闇を見つめる。

いつしか納涼の船もいなくなり、広い川面を漕ぎ進むのは向島を目指す彼女の猪牙だけになっていた。

宵闇の中、聞こえてくるのは櫓《ろ》の音ばかり。

ぱしゃんと船べりに跳ねた水が、お菊の頬を濡らす。

それでも微動だにすることなく、ただ前を見据えるのみだった。

二

佐々岡大悟は先に着き、福兵衛の酌で杯を重ねていた。

お菊は敷居際に座り、おけいと共に頭を下げる。

「遅くなりました、佐々岡さま」

「おお菊代か、待ちわびたぞ」

座敷から呼びかけてくる声は上機嫌。

芝居ではなく、たしかに微醺《びくん》を帯びている。

この様子ならば、痺れ薬もじわじわ効いてくることだろう。

そう思えば、不快の念にも耐えられる。

「失礼いたしまする」

声を聞くだけで湧き上がる怒りを抑え、お菊は座敷に入っていく。

「お久しぶりでございまする、義父上《ちちうえ》」

「おうおう、懐かしいのう」

佐々岡は悪びれることなく、満面の笑みで応じた。

「左様に呼んでもらえたのは何年ぶりかの……荻野が残念なことになり、そなたとも縁が切れてしもうたこと、常々心苦しく思うておったのだ。今宵は福兵衛の計らいにて再び会うことが叶い、まことに嬉しき限りぞ」

「こちらこそ、長らく不義理をいたしまして申し訳ありませぬ」

「相も変わらず、そなたは美しいのう」

「まぁ、嬉しいことを」

甘えを帯びた口調で述べながらも、お菊は一心に耳を澄ませた。

佐々岡は昔から、顔に酔いが出にくい質《たち》。

されど、声まではごまかせない。

平静を装って話していても、酔いが回りつつあることは、抑えの利かない目の動きから察しが付いた。

首を傾《かし》げて顔を上げ、お菊は佐々岡に微笑み返した。

「ははは、どうした?」

馬鹿笑いをしながら、佐々岡はねっとりした視線を向けてくる。

だらしなく目じりを下げて凝視する様は、ただただ気味が悪い。

ともあれ、この体《てい》たらくなのはお菊にとって好都合。

酒を口にすれば自《おの》ずと勘は鈍り、刀を手にしても振るう手許が乱れる。

痺れ薬を仕込まれたとなれば、尚のことだ。

とは言え、佐々岡は酒と薬のせいでこうなっているわけではなかった。

この男が自分に対して邪念を抱いているのは、荻野家に嫁ぐために仮親を頼んだときから気が付いていた。

事実、無体を強いられたことが一度ある。

荻野が急な御用を仰せつかって登城したため同行できず、お菊が一人で屋敷を訪ねたところ、いきなり抱き寄せられたのだ。

もちろんお菊は激しく抵抗し、すかさず離れた佐々岡は冗談じゃと笑って済ませたものだったが、あの目は本気としか思えなかった。

非番の夫が急に登城しなくてはならなくなったのも、後から思えば罠だったのだろう。どこまでも汚い男であった。

ならば、その薄汚さを逆手に取ってやればいい。

佐々岡に限ったことではなく、男はみんなだらしない。

左様に確信すればこそ肌身を晒し、色仕掛けで仇を仕留めてきたのだ。

もちろん、好きこのんでやったこととは違う。

好意も何も感じられぬ男たち、まして憎い仇と体を合わせるなど、それこそ身の毛もよだつばかりだった。

亡き夫に操《みさお》を立てていることだけが、理由ではなかった。

嫁ぐまで自覚が無かったものの、お菊は生来潔癖な質であった。

信頼する叔父の福兵衛にさえ手を握られたり、顔に触れられると思わず全身が強張《こわば》ってしまう。何気なく装ってはいたものの、実は先夜もそうだった。

いやらしさではなく親しみの顕《あらわ》れなのは分かっているし、子どもの頃には何のこともなかったはず。

しかし、今は嫌悪の念しか感じない。

そんな彼女におけいはいつも配慮し、福兵衛が構おうとするたびに先夜の如く気を逸らしてくれる。おかげで恩人の叔父を嫌いにならずに済んで、お菊は大いに助かっていた。

本当に、福兵衛には足を向けて寝られなかった。

この向島の寮も、佐々岡を始末するためにわざわざ借りてくれたのである。

姪の意趣返しのために、福兵衛は一体幾ら遣ったのだろうか。

そのために贋作《がんさく》ばかりを扱っているのだとすれば、心苦しい限りであった。

「恵比須屋、おぬしはもうよい。そのほうも席を外せ」

「ははっ」

「失礼いたします」

佐々岡に促され、福兵衛とおけいは座敷から出ていった。

去り際に視線で二人に励まされ、お菊は目で頷き返す。

佐々岡は気付きもせず、だらしなく目じりを下げたまま手招きをした。

「さ、早う酌をいたさぬか」

「はい」

お菊は逆らうことなく立ち上がり、寄り添うようにして座る。

「どうぞ、おひとつ」

「ははは、そなたの酒ならば幾らでも飲めそうだのう、はははは」

注がれた酒を一息に空けて、佐々岡は馬鹿笑い。

愚かな男の背後には床の間が設けられ、抜かりなく飾り付けられている。

掛け軸は陶淵明《とうえんめい》。花活けは青磁《せいじ》。

違い棚にさりげなく置かれた香炉《こうろ》も、同じく青磁の逸品だった。

すべて福兵衛の見立てであり、かねてより接待を受けていた佐々岡もご満悦と聞いている。

だが、この寮に飾られた書画骨董は、すべて巧妙に作られた偽物なのだ。

余人には区別がつかぬだろうが、母を病で亡くした後、荻野家に嫁ぐまで父を手伝って古今の逸品と接してきたお菊には、真贋を見分けることができる。

血を分けた兄弟でも、福兵衛の商いのやり方は兄の幸兵衛と真逆だった。

暖簾分けされた恵比須屋が売り上げをめきめき伸ばし、幸兵衛が受け継いだ本家の布袋屋に迫る勢いなのは、稀少なため世に出回りにくい品々ばかりを職人に偽造させ、本物と偽って売りさばいていればこそ。

正直者の兄が最も嫌う不当な商いをして、あくどく稼ぎまくってきたのだ。

それでもまだ足りず、近頃は米相場にまで手を出しているらしい。

重ね重ね、心苦しい限りであった。

すべての儲けをお菊のために費やすわけではないにせよ、すでに少なからぬ額の金子《きんす》を提供してもらっているのは事実。

恩着せがましいことなどは一言も口にせずにいるのが、かえって辛い。

(あのようなことを続けさせては、叔父上は駄目になってしまう……私がいなくなったら、もう止めてもらわないと……)

そんな想いが、思わず口を衝《つ》いて出た。

告げた相手はおけい。

お菊の身を案じ、去ったと見せかけて廊下に身を潜めていたのだ。

佐々岡が厠《かわや》へ立った隙に入ってくるや、お菊は耳元で話しかける。

「……叔父上のこと、くれぐれもお願いね」

「……分かっております、どうかご安心を」

おけいも声を低くして、言葉少なに答えていた。

佐々岡が急に戻ってきたらすぐに立ち上がり、隠れることができるように、座っても腰を浮かせたままでいる。

この用心深さに、お菊は幾度も助けられている。

なればこそ信用し、いつも本音を明かしてきたのだ。

「……私のせいで大層ご迷惑をおかけいたしました、向後はどうか真っ当な商いをしてくださいと、必ずお伝えしておくれ」

「……はい」

頷く顔は真剣そのもの。

お菊の身を案じた言葉を添えることも、忘れはしない。

「……命あっての物種でございます。万が一の折には庭へお逃げくだされ」

「……ありがとう、おけい」

お菊は感謝の笑みを返す。

荻野家に嫁いだ当初で苦労のし通しだった頃にも、実家から付いてきてくれた彼女は、こうして陰で励ましてくれたものである。

佐々岡の目さえなければ、去り行く背中に手を合わせたい心持ちだった。

（……お前は何があっても生きなさい。私の分まで、幸せになるのですよ）

いつも辛いときほど安心させてくれる、姉に等しい存在ならではのおけいの気遣いに、お菊は心から謝していた。

三

困ったことに、佐々岡はなかなか酔わなかった。

お膳の料理を早々に平らげてしまい、空の器に注がれる端から酒を流し捨てているお菊と違って、間違いなく口にしている。

にも拘わらず、痺れて動けなくなるどころか酔い潰れもしない。

(まさか叔父上が、薬を間違えたのでは……)

しかし、今やお菊は仇と二人きり。

福兵衛に手違いがあったとしても後の祭りで責めるわけにはいかぬし、自力で何とかするしかあるまい。

とは言え、佐々岡は強敵だった。

お忍びで向島を訪れたため、供侍を連れていないのは不幸中の幸いであったが、やはり不安は否めない。まともに立ち合えば、まず勝ち目はないだろう。

「何としたのだ、ん?」

佐々岡が頬を寄せてきた。

「い、いいえ」

恐怖を懸命に抑えつつ、お菊は微笑む。

それでも肌が粟立《あわだ》つのは止められない。

「おや？　そなた何故に震えておるのか」

「は、はい、ちと寒気がして参りましたもので……」

「成る程のう、それで鳥肌になっておるのだな」

「し、失礼をいたしました」

「良い、良い。冷えたのならば、儂《わし》が温めてつかわそうぞ」

「あっ」

お菊は思わず声を上げた。

にやにやしながら告げるなり、佐々岡が抱き付いてきたのである。

（おのれ、けだものめ！）

かつてと同じ真似をされ、お菊の怒りは燃え上がる。

しかし、抗《あらが》うわけにはいかなかった。

酒も薬も効かぬとなれば、残る手段は色仕掛けのみ。

かくなる上は手練手管《てれんてくだ》を尽くし、籠絡《ろうらく》してやるしかあるまい――。

「佐々岡さま、どうか乱暴になさらないでくださいましな」

甘えた声で告げながら、お菊は佐々岡の脂《あぶら》ぎった頬を両手で挟む。

「されば良いのだな、菊代？」

「はい。その昔は義理とは申せど父と娘の間柄にございました故、お手向かいをさせていただきましたが、今の私と佐々岡さまは赤の他人……何ら世間に恥じるところはありませぬ故」

「左様、左様。何も案じるに及ばぬぞ」

ねっとりした視線を返しつつ、佐々岡はうそぶいた。

「たかが小納戸頭取に過ぎなんだ昔と違《ちご》うて、今や儂は天下の御側衆であるからのう。そなたを側室に迎え、飽きるほど贅沢《ぜいたく》をさせてやるぐらいは容易《たやす》きことぞ。はははははは」

「まぁ、嬉しい」

嫣然《えんぜん》と微笑んで、お菊は唇を重ねていく。

すべて本懐を遂げるためと思い定め、己を押し殺した上のことだった。

襖一枚隔てた隣の部屋には、すでに床《とこ》が延べられていた。

おけいを福兵衛ともども追い出す前に、佐々岡が敷かせたのである。

そのときにこっそり預けた小太刀は間違いなく、布団の下に忍ばせてあった。

（ありがとう、おけい）

胸の内で謝しながら、お菊は執拗な愛撫に耐える。

唯一の救いは、ようやく佐々岡が酔っ払ってくれたことだった。

正気を失った分だけ、愛撫がしつこいのは止むを得まい。

「ふふふ、どうだ、どうだ？」

佐々岡は襦袢《ジュバン》一枚にさせたお菊に覆いかぶさり、手と舌をねちっこく体じゅうに這わせていた。

ぬるぬるした唾液《だえき》が酒臭い。

だらしない限りの振る舞いであった。仮にも武士がこれほどまでに痴態《ちたい》を演じるということは、間違いなく酔っている。必ずや勝機も見出せよう。

そう思うことで、お菊は健気に耐えていた。

「ああ……」

「おお、佳《よ》き声で鳴きおるのう。鳥肌もまた美味《うま》しじゃ」

佐々岡は嬉々として愛撫を続ける。

「もっと、もっと撫《ぶ》してくださいまし……」

あえぎ声を上げながら、お菊は布団の下に手を伸ばす。

そっと鯉口を切り、柄を握る。

横一文字に振るったのは、佐々岡が上体を起こした刹那のことだった。

「ヤッ！」

行灯《あんどん》の明かりにきらめく刃が、喉笛を目がけて迫り来る。

その刃を佐々岡は事もなげに引っ摑む。

気付かぬ振りをしながら、お菊の動きを読んでいたのだ。

「これは何の座興かの？」

にやりと笑って、佐々岡は小太刀をぎゅっと握る。

ぱらぱら落ちたのは指ではなく、剝がれた銀箔。竹で拵《こしら》えた刀身に卵の白身で貼り付けたものであった。

「振るうに夢中になる余り、本身に非ざる軽さに気付かなんだらしいのう。それで儂が討てると思うたか、未熟者めが」

「ま、まさか……」

信じがたい様子で、お菊は呻《うめ》く。

一体、いつの間にすり替わったのか。

佐々岡はそこまで先読みしていたというのか。

はだけた襦袢の胸元を押さえる余裕もなく、お菊はじりじり後ずさる。

と、敷居の向こうから嘲《あざけ》る声が聞こえてきた。

「ほほほほほ。お探しの本身だったら、こっちだよ」

「お、おけい……」

「驚いただろう。その竹光、ちなみに拵えたのは私だよ」

勝ち誇るおけいに続いて、にやにやしながら顔を見せたのは福兵衛だった。

「お楽しみ中に申し訳ありませぬ、殿さま。この女《こ》がせっつきますもので」

「何さ、旦那だって乗り気だったくせに」

「これ、つねるんじゃないよ」

痴話喧嘩じみたおけいと福兵衛のやり取りは、深い仲の男女そのもの。

「つまりはこういうことだよ、お菊」

「お、叔父上……」

「その武家女めいた物言い、腹が立つねぇ。とっくに御家断絶されちまったってのに、まだお旗本の奥さまのつもりで居るのかい？」

「えっ」

「まったく、お前って女はどこまで行っても父親似だねぇ。間抜けでお人よしのくせに、人が傷つくような物言いを平気でする。それでいて悪気がまったく無いから、余計に質《たち》が良くないよ」

「や、止めて……」

お菊は耳目を疑うばかりであった。

あの優しかった叔父が、おけいまでもが、一体どうしてしまったのか。

「ははは、ちっとは堪《こた》えたようだね」

福兵衛がにやりと笑った。

「あたしが憎いのはお前だけじゃない。祖父《じい》さん祖母《ばあ》さんに義母《かあ》さん……どいつもこいつも妾の子、妾の子って冷たくしやがって、親父だって腹ん中じゃ厄介者としか見なしていなかっただろうよ。本気で良くしてくれたのは、あの間抜けな義兄《にい》さんだけさね。ま、一遍だってほんとの兄《あに》さんだなんて思ったことはないんだけどねぇ。はははははは」

「そんな……」

「あたしは嬉しいよ、お菊」

二の句が継げない姪《こ》を前にして、福兵衛は言い放った。

「お前は義兄さんの大事な大事な宝物……だから、馬鹿げたことと思いながらも意趣返しに手を貸したのさ。おっと、心得違いをしなさんな。あたしとおけいの狙いはお前をめちゃくちゃにしてやること。ははは、犬死にしてもらうだけじゃ物足りない！　散々苦しめて、めっちゃくっちゃに壊してやりたかったのさ」

「……」

茫然としているお菊をよそに、佐々岡は苦笑しながら立ち上がった。

「気持ちは分からぬでもないが無粋だぞ、恵比須屋……今少し楽しませぬか」

ぼやきながらも悠々と、衣桁《いこう》から着物と帯を取って身支度を始める。

先程まで酔い痴《し》れていたはずなのに、よろけもしない。

なればこそお菊の斬り付けを容易《たやす》く止めることもできたのだろうが、最初から仕込まれてもいなかったであろう痺れ薬はともかくとして、あれほど飲んだ酒が効いていないとは、考えがたいことだった。

「ふっ、儂が酔うておらぬのが不思議らしいの」

袴を穿《は》きながら、佐々岡は言った。

「儂が口にしておったのは、樽から注いだそのままの酒に非《あら》ず。町人どものけち臭い飲み方を見倣《みなろ》うて、湯で割った代物《しろもの》よ」

「そ、そんな……」

「下種《げす》の浅知恵もたまには役に立つ。燗を付ければ回りは早いが、醒《さ》めるのも実に早かったわ。初めて口にしてみたが、存外に悪くはないものだ。向後は儂の晩酌も左様にいたすとしようかの」

「……」

「ははは、謀《たばか》られたのが口惜しいか」

きゅっと唇を噛む様を見返し、佐々岡は笑う。

羽織は衣桁に掛けたまま、勝ち誇った態度で仁王立ちになっていた。

「一滴も口にせず、儂に注がれる端から捨てておったのが、うぬの不覚よ。恃《たの》みの痺れ薬など、もとより入ってもおらなんだのに……のう」

笑みを絶やすことなく、佐々岡は刀架《とうか》に歩み寄る。

取ったのは刀だけで、脇差には手も触れない。

「ふっ、武士の情けで拝借できるとでも思うたか？」

佐々岡の嘲笑《ちようしよう》は、嗜虐《しぎやく》の笑みに変わっていた。

「尋常の仇討ちならば左様にいたすが作法なれど、うぬが重ねし凶行は逆恨みに過ぎぬ……丸腰のまま無礼討ちにしてくれる故、覚悟せい」

「くっ！」

お菊は目を血走らせていた。

襦袢の裾を乱しつつ、縁側に視線を走らせる。

「おっと、逃がしゃしないよ」

すかさず立ちはだかったおけいは、すらりと小太刀の鞘《さや》を払う。

姉妹も同然に育ったお菊に対し、迷うことなく刃を向けたのだ。

「お前、どうして」

「分かんないのかい、ばーか」

「な、何ですって」

「へっ、いい顔になったねぇ」

カッとなったお菊を見返し、おけいは憎々しげに言った。

「あたしゃ昔から、あんたの吠え面《づら》を見たくて仕方がなかったんだよ。ようやく願いが叶って、ほんとに嬉しいよ」

「昔からって、どういうことなの」

「そうだねぇ……物心が付いた頃には、あんたもばばぁも大嫌いだったっけ」

「ばばぁって、誰のこと」

「決まってんだろ。あんたの母親のこったよ」

「おっ母《か》さんのことを悪く言わないで頂戴！」

「へっ、怒ってもお嬢さまらしい物言いは変わんないんだね」

蓮《はす》っ葉《ぱ》な調子で言葉を返すや、おけいはさらに思わぬことを言い出した。

「あれはあたしが十四のときだったっけ。病で臥《ふ》せってたあんたのおっ母さんが急に弱っちまって、そのままポックリ逝《い》ったのはどうしてか知ってるかい」

「な、何なのです」

「あたしがいじめてやったのさ。ちびの頃から積み重なった恨みつらみを、毎日たっぷり枕元で聞かせてやって……ね。小さい頃にはひっぱたかれても大人しく我慢してなきゃいけなかったけど、寝たきりになっちまったら万事こっちのもんだったよ。掃除をする振りをして、部屋のほこりを顔にぶっかけてやったり……そうそう、一度だけ起き上がって摑みかかってきたんだけど、難なく締め上げてやったよ。思えばあれで、いけなくなったのかもしれないね」

「おけい、お前！」

「ははは、ますますいい顔になってきたねぇ」

嘲《あざけ》りながら、おけいは小太刀を振りかざす。

足元に鞘を捨て、じりっと一歩、前に出る。

「腹が立つんなら、かかってきな。とどめは佐々岡の殿さまにお願い申し上げるとして、先陣はあたしが切らせてもらおうじゃないか」

お菊が丸腰ならば、容易く勝てる。

故に思い上がり、余裕の態度を取っているのだ。

しかし、おけいは分かっていなかった。

得物《えもの》の扱いを覚えることだけが、剣の修行とは違う。

的確に間合いを見切り、敵の攻めをかわして近くに踏み込む体《たい》さばきも、稽古を重ねるうちに身に付くものだ。

お菊の付き合い程度にしか小太刀を学んでおらず、真面目で不器用と見せかけながらも実はやる気がないのを一重に見抜かれ、終いには相手にされなくなったおけいは、そういう自明の理を知らない。

「ヤッ」

お菊は機敏に近間《ちかま》へ踏み込む。

「きゃっ！」

怒りの鉄拳をみぞおちに叩き込まれ、失神させられたのも当然の報いだった。

四

「おけいっ」

福兵衛が慌てた声を上げる。

しかし、助けに行くわけにはいかなかった。

すでにお菊は小太刀を構え、じろりとこちらを睨《にら》み付けている。

もはや叔父とも思わず、佐々岡ともども敵と見なしていた。

「これで尋常な勝負ができますね……さぁ、刀を抜きなさい」

「ふっ、ほざくでないわ」

余裕綽々《しやくしやく》で返すや、佐々岡は声を張り上げた。

「出合え、出合え！」

告げると同時に駆け付けたのは、蓬髪弊衣《ほうはつへいい》の浪人の一団だった。

金で雇い、あらかじめ待機させておいたのだ。

「成る程な、聞きしに勝る美形だぞ」

「このまま斬って捨てるは惜しいのう」

口々につぶやきながら、浪人どもはお菊を凝視する。中にはよだれを垂らしている者まで居た。

そこに佐々岡の鋭い声が飛ぶ。

「止《よ》さぬか、無体《むたい》をいたさば後金《あときん》はやらぬぞ！」

雇い主からそう言われてしまっては、是非もない。

すかさず脇に退《ひ》いたのを見届けるや、ずいと佐々岡が前に出る。

浪人どもを黙らせたのは、思惑があってのことだった。

「皆の者、聞くがよい」

佐々岡はおもむろに語り始めた。

「そのおなごは儂の身代わりとなってもろうた荻野新太郎の奥方でな……馬鹿が付くほどお人よしで驕《おご》り高ぶることを知らなんだあやつが唯一、朋輩どもに日頃から自慢して止まずにおった宝だ。儂とて惜しい限りなれど、このまま逝かせてやるのが人情というものであろう」

「柄《がら》にもないことを申されますな、御前《ごぜん》」

「ほざけ。左様にいたさねば、さすがに寝覚めが悪いのでな」

まぜっかえした浪人を軽くいなし、佐々岡は言った。

「皆も噂に聞いておろう。荻野は畏れ多くも殿中にて抜刀いたすに及び、その場にて成敗された。ちなみにとどめを刺してやったのは、この儂だがの」

「さすがは御前、辻斬りで鍛えられしお腕前は伊達ではありませぬな」

「黙っておれ」

叱り付けながらも、佐々岡は満更《まんざら》でもない様子。

どうやらこの浪人どもを日頃から手懐け、家臣には任せられぬ汚れ仕事をやらせているらしい。

重ね重ね、呆れ果てた男である。

続けて佐々岡が口にしたのも、傲慢《ごうまん》の極みと言うべき一言であった。

「人には分というものがある。荻野めは斯様に分不相応な佳人《かじん》を娶《めと》り、慢心しておったが故に、命を落とす羽目となりおったのだ」

「ふ、ふざけたことを！」

お菊は堪《たま》らずに叫んだ。

「お、お前は！　あ、あの人を最初から贄《にえ》にするつもりだったはず！　詰め腹を切らせるだけならばまだしも、ど、どうして膾《なます》斬《ぎ》りになど！」

それはずっと以前から、気になっていたことだった。

亡き夫は小太刀の名手の母を持ちながら、刀など抜いたこともなかったはず。

早くに亡くなった父親も同様だったらしく、腕の立つ者が多い小納戸では父子揃って肩身の狭い思いをしていたという。

それだけ気が優しかったのであり、どれほど血迷ったからといって殿中で抜刀するとは考えがたい。

一体、その日に何が起こったのか——。

そんなお菊の疑問に対する佐々岡の答えは、まことに許しがたいものだった。

「決まっておろう。事を派手にいたしたほうが、儂の手柄がより大きゅう見えるからよ」

恥じることなく、佐々岡は続けて言った。

「思惑どおり、荻野は派手に踊ってくれたわ。大うつけの将軍に分不相応な井戸茶碗をこれなる福兵衛に都合させし贋作とすり替え、その罪を押し付けてやった。当初は頑強に認めなんだが、終いには死にたくない、どうか私を母と菊代の許に帰してくだされと土下座までしおってな、日頃の不満が重なりし朋輩どもを指嗾《しそう》して散々悪態をつかせ、足蹴《あしげ》にしてやったらさすがに激昂《げっこう》し、とうとう殿中差を抜きおった。まこと上手《うま》く事が運んだものよ。はははは」

「おのれ……」

お菊はじりっと前に出る。

しかし、佐々岡は慌てない。

浪人どもを押しとどめ、尚も居丈高《いたけだか》に言い放った。

「あの愚か者め、朋輩どもに斬り苛《さいな》まれ虫の息になりながらも菊代、菊代と懸命になって叫んでおったぞ。さぞかし無念であったのだろう、儂が一太刀浴びせてもまだ呼ぶのを止めず、終いには口を塞いでやったがの。まこと、呆れるほどの執念深さであったわ。はははははは」

それはお菊が初めて聞かされた、夫の最期の一部始終だった。

「おのれ!!」

吼《ほ》えると同時に小太刀が躍った。

「う!」

近くに居た浪人が血煙を上げる。

激情の刃は止まらない。

「寄らば斬る！　お退《ど》きなさい！」

涙を流しながら小太刀を振るい、返り血をものともせずに突き進むお菊の姿は羅刹《らせつ》そのもの。

鍛えた技にかつてない怒りが加わり、刀勢《とうせい》はいつもより鋭さを増していた。

「こやつ、強いぞっ」

浪人どもは慌てて立ち向かっていく。

縁側に立った佐々岡も、動揺を隠せずにいた。

「うぬっ、おなごのくせに……」

一方の福兵衛は気を失ったおけいを抱え、あたふたするばかりだった。

「と、殿さま」

「ええい、放さぬか」

命じる側が落ち着きを失えば、下の者たちも浮き足立つのは自明の理。

そこに派手な音が響き渡った。

バーン！

木戸を蹴り開けて突入してきたのは、身の丈が六尺近い偉丈夫だった。

まとっているのは黒い筒袖と、細身の野袴。

大小の二刀を帯び、ぎらつく瞳で悪党どもを見据えている。

隣に立った細身の美男は紺地の着流しの裾をからげ、同じ色の股引《ももひき》を剝き出しにしていた。

後に続く壮年の男は、生成《きな》りの筒袖に七分丈の下穿きと柔術遣い風の装い。

殺しの装束に身を固めた早見と神谷、小関の三人であった。

「な、何奴」

「あ、あんたらは北町の……？　それにお前さんはただの手代じゃ……」

動揺を隠せぬ佐々岡と福兵衛に早見が返したのは、ただの一言。

「ここが地獄の一丁目だ！　てめーら、まとめて奈落の底に叩き落としてやるぜ!!」

告げると同時に、鯉口を切る。

鞘を払って刀を抜き、流れるように振りかぶる。

刹那。

「おらっ！」

怒号と共に真っ向斬りが決まり、立ち合った浪人が血煙を上げる。

一方の神谷と小関は、常にも増して冷静だった。

「ざっと十人というところだな、おやじどの」

「うむ、俺らだけで片付くだろうよ」

神谷の言葉に頷き返すと、小関は肩越しに一言告げる。

「こっちは引き受けた。ちょいと囲みを破ってやるからよ、お菊さんにしっかり助太刀してやんな」

「よろしいんですかい、旦那……」

戸惑いながら答えたのは与七だった。

独りで駆け付けるつもりが早見たちに追いつかれ、存じ寄りの船宿で仕立てたという三挺櫓《さんちょうろ》──猪牙の上を行く快速船に無理やり乗せられて、向島に着いたばかりであった。ちなみに三人は殺しの装束を船の中に用意しており、揺れるのをものともせずに着替えたのである。

与七は本来ならば裏切り者として、制裁を受けなくてはならないはず。にも拘《かか》わらず、誰も咎《とが》めようとしなかった。

ともあれ、今急がれるのはお菊を助けること。

もとより小関も、邪魔するつもりなど有りはしない。

「後のことは後のこった。まずは佐々岡の野郎をぶっ殺して、惚れた女に本懐を遂げさせてやるがよかろうぜ。お奉行には俺らからも口添えをして、何とか江戸所払いぐらいで済むようにしてやるさね」

「すみやせん。恩に着やす！」

安堵《あんど》の笑みを浮かべ、与七はぺこりと頭を下げる。

すでに神谷は敵陣に斬り込み、早見と合流していた。

「おう、手裏剣は使わねぇのかい」

「斬り尽くすには長物《ながもの》がよかろう。顔を見られたからには生かしておけぬ故な」

神谷が手にしていたのは長脇差。

愛用の棒手裏剣とは別に帯びてきた一振りは、かつて早見と共に学んだ剣の技を振るうのに欠かせぬ得物だった。

「後れを取るでないぞ、早見」

「へっ、お前さんがそれを言うかい？」

「おぬしこそ大概にせい。文句があると申すのならば、こやつらをまとめて斬り捨てし後《のち》、この場にて決着を付けるか」

「おー、怖い怖い」

軽口を叩きながらも、早見は真剣。

もとより神谷も同様だった。

「背中は任せたぞ、早見」

「承知だぜ」

頷き合うや、二人は同時に得物を振るう。

「うっ！」

「ぐわっ」

死角を突こうとした浪人どもが、血煙を上げて倒れ込む。

息の合った動きは止まらない。

「行くぜぇ」

「応っ」

阿吽《あうん》の呼吸で頷き合い、居並ぶ敵に立ち向かう。

「ヤッ！」

キーン。

早見の怒りの一撃が、浪人の刀を叩き折る。

神谷は左手で長脇差を振るいつつ、棒手裏剣を続けざまに抜き打った。

「うっ」

「ぐわ」

正確無比に狙いを付けられ、ばたばたと浪人どもは倒れ伏す。

「おのれっ」

一人の浪人が突っ込んできた。

キンッ。

抜かりなく刀身で防御し、手裏剣を弾き返す。

しかし、神谷は慌てない。

斬り付けを長脇差で防ぎつつ、喰らわせたのは足払い。

次の瞬間、浪人の首筋を黒光りする刃《やいば》が抉《えぐ》る。

「逝《ゆ》け……」

右手で握った棒手裏剣は、赤く血に染まっていた。

小関も若い二人に負けてはいなかった。

「ほい、お前さんの相手はこっちだよ」

後ろから襲いかかりざま、太い腕で首を締め上げる。

「ひ！……」

バキバキバキッ。

浪人の恐怖の叫びを掻き消したのは、己が首の骨の砕ける音。

ぐったり倒れた浪人に片手拝みするや、くるりと後ろに向き直る。

「む！」

太った体に似合わぬ機敏な動きに、不意を突こうとした浪人は追いつけない。

次の瞬間には首筋を掻き切られ、どっと地べたに倒れ込む。

手にしていたのは、帯前から抜いた鎧《よろい》通し。

一見したところ小《こ》脇差のようだが、その威力は破格のもの。

小関が得意とする柔術は小具足《こぐそく》——戦国乱世の合戦場《かっせんば》で鎧武者が行使した、敵の首を取るための格闘術に端《たん》を発する。

鎧通しは、そんな古《いにしえ》の戦いに欠かせぬ得物なのだ。

文字どおりに鎧をも貫く刃は太く、重たい。

そこに強靭《きょうじん》な体軀《たいく》から繰り出す技が加われば、浪人どもなど敵ではなかった。

早見と神谷の疾走も止まらない。

ザン！

ズバッ!!

鍛えた技に怒りを宿し、男たちの剣が悪を討つ。

頼《ど》もしい仲間たちに助けられ、与七はお菊の許《もと》に向かって駆けていた。

「退きやがれ！」

喰出鍔《はみだしつば》の短刀が唸りを上げ、行く手を阻んだ浪人を突き倒す。

すでに早見たちの相手は返り討ちにされ、残るはお菊と斬り結ぶ一人のみ。

一目散に駆け寄る与七の姿は、彼女の瞳にも映じていた。

「与七さん！」

思わず歓喜の声を上げたのも、無理はあるまい。

刹那、小太刀の柄を握った指が緩む。

浪人が見舞った袈裟《けさ》斬りを、受け流さんとしている最中のことだった。

受け流しは腰を入れ、敵の刀を押し返すつもりでやらなくては、たちまち圧《へ》し斬《ぎ》りにされてしまう。

上体をかばった刀身が、脆《もろ》くも押し下げられる。

「く！」

辛うじて跳び退《すさ》り、袈裟斬りこそかわしたものの、浪人が続いて繰り出す突きは避けられない。

「ああっ」

お菊の美しい顔が苦痛に歪《ゆが》む。

「野郎!!」

怒号と共に与七の刃が繰り出された。

喉をえぐられた浪人が、どっと仰向けに倒れる。

背後の縁側には誰も居ない。思わぬ加勢に恐れを為し、佐々岡たちは浪人どもを戦わせている隙に遁走《とんそう》したのだ。

「野郎、逃がしてたまるかってんだ！」

すかさず駆け出す早見に続き、神谷も走る。

心配そうに与七を振り返りながら、小関も出て行く。

庭に残されたのは全滅した浪人どもの死骸と、虫の息のお菊のみ。

与七はお菊を抱き起こした。

「おい！　しっかりしろい!!」

「わ、私もまだまだ甘《あも》うございました……」

薄く目を開けて、お菊は微笑む。

「ら、羅刹になると申しておきながらお恥ずかしい限りです……武家のおなごとして、あの人と義母上《はは》に、め、冥土《めいど》で合わせる顔がありませぬ……」

「しゃべるんじゃねぇ！　腕っこきの医者を、すぐ呼ぶから!!」

しかし、助かる可能性はもはや有るまい。

当のお菊が、一番分かっていた。

浪人の刀で抉られた腹の傷は深く、与七が懸命に押し当てる手ぬぐいも朱く染まっていくばかり。

意識が遠退く中、お菊は言った。

「お気持ちだけで十分です……与七さん、ありがとう」

「お菊！　お菊さーん‼」

与七の叫びが、静まり返った庭に空しく響く。

お菊は安らかな笑みを浮かべたまま、息絶えていた。

五

早見たちが寮に戻ってきた。

「ちっ、逃げ足の速い奴らだぜ」

「このままにはしておけぬな……お奉行に申し上げ、速やかに策を講じねばなるまいぞ」

「しっ、ちょいと黙りな」

小関が太い腕を伸ばし、早見と神谷を押しとどめる。

与七は無言のまま、動かぬお菊の顔をじっと見下ろしていた。

「やられちまったのかい……」

「うむ……」

早見も神谷も、痛ましげに見守ることしかできずにいる。

だが、いつまでもこの場にとどまってはいられなかった。

先程まで続いていた剣戟《けんげき》の響きを聞き付けて、近所の者が役人に知らせたかもしれない。盛り場から離れた閑静な地とはいえ、騒ぎになってはまずかった。

「今のうちに家探しをして、手証《てしょう》を見つけるとしようぜ」

「そうだな、おやじどの」

小関に促され、神谷はきちんと草鞋《わらじ》を脱ぐ。

逃げた佐々岡は、これから如何《いか》なる手を打ってくるか分からない。動かぬ証拠をひとつでも手に入れて、対策を講じることが必要だった。

「おっ」

早見が目敏《めざと》く見付けたのは羽織。

衣桁《いこう》に掛けたままになっていた、葵の御紋が入った羽織であった。

家重から下げ渡された紋服を軽々しくも常着とし、命を惜しむ余りに置き去りにして行ったのである。

大名や旗本が将軍のお下がりを頂戴するのは珍しいことではないが、よりにもよって、三つ葉葵の紋所を置いていくとは愚かな限り。

家重を大うつけと軽んじ、有難みなど日頃から感じていないから愛用の茶碗をすり替えるだけでは飽き足らず、こういうふざけた真似もできるのだ。

これだけでも、詰め腹を切らせるに値する大罪と言えよう。

一方の神谷は、縁側で拾った印籠《いんろう》を手にしている。

こちらは佐々岡家の紋入りの、やはり動かぬ証拠であった。

「よほど慌てておったらしいな」

「ま、こっちにとっては都合がいいぜ」

神谷のつぶやきに応じて、にやりと早見は笑う。

と、精悍《せいかん》な顔が引き締まった。

与七がお菊の亡骸を抱えて、よろよろと立ち上がったのだ。

「どうするつもりだい、お前」

早見が怪訝《けげん》な顔で問いかける。

返されたのは、思わぬ答え。

「浜町河岸まで参りやす。彩香先生に何とかしてもらいますんで」

「馬鹿を言うない。その女はもう御陀仏《だぶつ》……」

と、早見の口がおもむろに塞がれた。

「黙り居《お》れ、阿呆《あほう》」

口を押さえたのは神谷だった。

与七の気持ちは、痛いほど分かる。

だが、小関は甘えを許さなかった。

「おやじどの」

構うことなく、小関は裸足のまま縁側から跳び下りる。

すでに与七は庭を出ようとしていた。

「おい、待ちな」

肩を掴まれても足を止めないと知るや、小関は無言で前に回る。

バシッ！

重たい平手打ちを見舞われて、与七はお菊ともども生け垣まで吹っ飛んだ。

ずいと小関が進み出る。

仁王立ちとなり、じろりと見下ろす表情は厳しい。

「与七、お前さんは忘れもんをしているぜ」

「えっ……」

「持って帰らなきゃならねぇのは、その亡骸《むくろ》だけじゃねぇ。あの一振りを代わりに振るってやらねぇで、どうするんだい？」

そう言って小関が指差したのは、庭先に転がったままの小太刀。

おけいが捨てた鞘は、まだ縁側に残っていた。

「そうだぜ、こいつを忘れちゃ話になるめぇよ」

進み出た早見が鞘を拾い、庭に降り立つ。

後に続く神谷は、奥の部屋で見つけた風呂敷包みを抱えていた。

「お菊どののものであろう。本来であれば、これなる白装束をまとうて良人《おっと》と姑どのの仇を討つ所存であったに相違あるまい……」

つぶやくのをよそに、早見は小太刀の血脂を手ぬぐいで拭い取る。

「ほら」

鞘に納めて差し出したのを、与七は黙って受け取った。

たしかに、大事な忘れ物をしてしまうところであった。

お菊の意趣返しは、まだ終わっていない。

おけいと福兵衛の手ひどい裏切りに遭い、最後の的である佐々岡を残したまま返り討ちにされてしまったのだ。

何の関わりもなければ、このまま放って置けただろう。もとより与七は女に対し、微塵《みじん》も情を抱かぬ質だからだ。

しかし、お菊は違う。

荒れ果てた心にすっと染み入り、命を捨てても護《まも》ってやりたいと初めて心から思えた、唯一の女人であった。

その無念を、晴らしてやらずにはいられない。

「こんなときに言うのも何だが、渡りに船だったな」

早見がぼそりとつぶやいた。

「相手は御側衆だ。上様を毛ほども敬《うやま》っちゃいねぇ糞野郎でも、ご老中ら若年寄にも手出しができねぇ大物だ……うちのお奉行だって、表立ってはどうすることもできやしねぇ。だけどよ、裏に回れば話は違うぜ」

「そういうことだな」

神谷が深々と頷いた。

「ひとたび影の御用の的となれば、上《うえ》つ方《かた》とて遠慮は無用ぞ。なまじ身分が高いからこそ、かかされる恥も大きいのだから皮肉なものよ」

「さーて、どんだけの目に遭《あ》わせてやろうかね」

若い二人の後を受けて、小関が言った。

「佐々岡の野郎はこっちで引き受ける。おけいは彩香先生に任せるとして、お前さんは福兵衛を殺《や》りな。こんどのことは、あの野郎がぜんぶ絵図を描いたようなもんだからな。骨の髄《ずい》までこたえるぐれぇ、思い知らせてやらなくちゃなるめぇよ」

「…………」

黙ったまま、与七は頷く。

小太刀を懐《ふところ》に納めると、神谷から風呂敷包みを受け取る。

何はともあれ、お菊を家に帰してやらねばなるまい。

すべてはその上のことであった。

第五章　恋情《れんじょう》始末

一

早見たちの追跡を振り切った福兵衛とおけいは、船で大川に逃れていた。

先に出た佐々岡の猪牙は、もう見えない。

取り残されてしまった二人もどうにか新大橋まで辿り着き、闇に紛《まぎ》れて徒歩で浜町から人形町へと向かっていた。

「大丈夫ですかね、旦那ぁ」

よろめき歩くおけいの顔色は悪かった。

町奉行所の手が回り、店に帰ったらお縄にされてしまうかもしれない。

もはや日本橋に足を向けられるはずもなく、福兵衛にくっついて人形町の店に転がり込むより他になかった。

「何があってもあたしを守ってくださいましね、絶対ですよう、旦那ぁ」

福兵衛の手をぎゅっと握り、懇願するおけいはろれつが回っていない。恐怖を紛らわすため倹飩屋《けんどんや》に立ち寄って、しこたま酒を飲んだ後なのだ。

「分かった、分かったよ」

答える福兵衛も不安は尽きない。

こちらは幾ら飲んでも酔えず、人の好《よ》さげな顔は青ざめていた。

船を別々に仕立てて逃げ帰るとき、佐々岡は大事ないと言っていたが、あちらとは立場が違う。老中をも黙らせる威光があれば、たとえ町奉行が詮議を試みたところで屁でもないのだろうが、福兵衛は一介の商人。しかも、叩かれれば埃《ほこり》の出る身なのだ。

偽造した骨董品を山ほど売りさばき、荒稼ぎしてきた罪まで発覚すれば、獄門晒《さら》し首は間違いあるまい。

(こうなったら、どうあっても佐々岡さまのご威光にすがるしかなかろうよ……見返りにこの女を側妾《そばめ》として献上しようか……いや、私のお古など御免だと言われるのがオチだろうな。ならばいっそのこと、畏《おそ》れながら奥方さまに洗いざらい申し上げますと脅しをかけてみるか……）

びくびくしながらも抜かりなく、福兵衛は頭の中で悪《あ》しき考えを巡らせる。

しかし、何も策を弄《ろう》するには及ばなかった。

浜町河岸を通り抜けて人形町まで来てみると、小太りの中年男が恵比須屋の表でしょんぼり座り込んでいた。

酔っ払いかと思いきや、顔を見れば布袋屋の番頭だった。

「お戻りが遅《おそ》うございますよ、福兵衛さまぁ」

「おや、どうしたんだい、お前さん」

おけいを慌てて背中に隠しつつ、福兵衛は平静を装って問いかける。

返されたのは、思わぬ答え。

「お……お嬢さまが」

「お菊が？　どうかしたのかい」

「お……お部屋で……ご、ご自害を……」

動揺を隠せぬ福兵衛の態度に気付くことなく、番頭はすすり泣く。

すべては例によって夜這《よば》いをかけ、目の当たりにした光景だった。

自室で発見されたお菊の亡骸《なきがら》は、自ら命を絶った形に偽装されていた。喪服姿で作法どおり足首を縛った上で懐剣を握り締め、流れた血で畳を汚さぬように油紙と白い布を敷いて横たわった傍らでは、線香まで焚かれている。血の気を失った顔には、薄化粧が施されていた。

（どういうこったい、これは……）

唖然とする福兵衛をよそに、おけいは驚きの余りに酔いも醒めてしまった様子でへたり込んでいる。

店を抜け出したのを咎《とが》める者など、誰一人としていなかった。

「お菊……お前って娘は、ここまで思い詰めていたのかい……」

動かぬ娘に取りすがり、幸兵衛は滂沱《ぼうだ》の涙を流すばかり。

二人を連れて帰った番頭ともども、奉公人の一同もすすり泣いていた。

そんな様子を天井裏から黙って見届け、与七は立ち去る。

すべては彩香の協力を得て、偽装したことである。空き巣に入ったときの要領で巧みに場を調え、夫の三回忌の夜に覚悟の自害を遂げた態で死に化粧を施してもらった上で、彩香から提供された懐剣を小太刀に替えて握らせたのだ。

上手く事が済んだものの、表情は暗いまま。

できることなら福兵衛とおけいをこの場で膾斬《なますぎ》りにし、裏切り者どもの悪行を余さずぶちまけてやりたかった。

だが、そんな真似をしてもお菊は喜ぶまい。

今さら幸兵衛がすべてを知ったところで、死ぬまで苦しむだけのこと。

悪くすれば娘の後を追いかねない。

左様に判じて、何とか思いとどまったのだ。

願わくば、自分も通夜に付き添いたい。

だが、そんな真似はできかねる。

与七はそっと、懐に忍ばせたお菊の形見の小太刀に触れた。

布袋屋の人々に何も知られぬようにしてやるだけで、今は精一杯だった。


浜町河岸の診療所では、早見たちが与七の戻りを待っていた。

「大事ないですかねぇ、先生」

ぼやきながら、小関は手にした碗をぐいとあおる。

碗の中身は白湯《さゆ》である。

すかさず彩香が歩み寄り、鉄瓶からお代わりを注いでやった。

「ご心配には及びませぬ、小関さま。傷を負うたのは脾腹《ひばら》なれば、自ら突いたと見せかけるは容易きこと。まして与七さんならば、雑作もありますまい……」

早見と神谷は黙ったまま、茶碗酒を飲んでいる。下戸《げこ》の小関とは違って神谷はそこそこ、早見も少しはイケる口のはずなのに、まったく進んでいない。

そこに板戸を叩く音がした。

「ただいま戻りやした」

彩香が心張り棒を外してやり、戸を開く。

一斉に視線を向けられ、与七は深々と頭を下げた。

「おかげさんで、無事にお菊さんをお帰しすることができやした」

「親御さんにも疑われなかったのかい」

「へい……」

上げた顔は、まだ暗いままだった。

「しっかりしな、与七」

励ますように小関が言った。

「お前さんはいいことをしたのだぜ。もっと気を楽にしたらどうだい？」

「俺もそう思うよ」

横から早見が口を挟む。

「これでお菊さんはもちろん、親父さんにもお咎めなしだ。佐々岡の野郎も手前《てめえ》の身を危うくしてまで、布袋屋をどうこうしようとは思うめぇよ」

「左様、騒ぎとなって困るのは、あやつも同じであるからな……」

二人の言葉に頷くと、神谷は与七に向き直る。

「これより先はお菊どのの弔い合戦……おぬしのその怒り、出番となるまで解き放つのはしばし待つのだぞ」

「へい」

答える表情は、先程までと一転して力強い。

色黒の顔には血の気が戻り、持ち前の男臭さが満ちている。

お菊の死を悔いてばかりいても、何も始まりはしないのだ——。

二

翌日は朝から大雨だった。

昨夜から降り出した雨に加えて風も勢いを増し、御濠《おほり》には波が立っている。

早めに登城した二人の町奉行は、本丸御殿の玄関に連なる下部屋でそれぞれ身支度を調えていた。

「川開きから未《いま》だひと月と申すに、大風の前触れとは……季節が巡るはまことに早きものですなぁ、和泉守どの」

「左様でござるな、肥後守どの」

ぼやく山田に答えながら、依田はまめまめしく手を動かす。

降りしきる雨に濡れた裃《かみしも》と袴を丹念に拭く一方、湿気で縮んでしまった肩衣《かたぎぬ》を形よく伸ばすのも忘れない。その点は山田も同様で、登城の供をさせた中間《ちゅうげん》たちに任せることなく、自分できっちり手入れをしていた。

登城した際には大手御門の前で乗物や馬から降りて、後は徒歩で本丸御殿まで移動するのが決まり。老中や若年寄といえども例外ではなく、大雨と強風の吹き荒れる中を歩いて乱れた着装を調えるのに、どの下部屋も大わらわ。

雨のせいで道が混むのを考慮せず、常のとおりに登城したため刻限ぎりぎりになってしまった者は尚のこと、慌ただしい思いをするのだろう。

その点、依田と山田は気が急《せ》くこともない。

「何とか格好が付いたかの……されば和泉守どの、参ろうぞ」

「ははっ」

二人は同時に立ち上がった。

粛々と廊下を渡り、向かう先は芙蓉之間。

余裕十分と思いきや、思わぬ先客が中で待っていた。

「さすがは早いのう。よき心がけで結構、結構」

「お、御側衆さま……」

部屋の前で立ち止まった山田が、驚いた声を上げる。

佐々岡は町奉行たちの席を占領し、悠然と茶を喫していた。

「そのほうらに話がある……」

偉そうに顎を上げ、二人に向かって呼びかける態度は傲岸不遜《ごうがんふそん》。

「何をしておる？　早う入れ」

「さ、されば失礼をつかまつります」

山田は敷居際で膝を揃え、深々と頭を下げる。

格上の南町奉行に斯様《かよう》な態度を取られては、依田も従わざるを得ない。

「うむ、うむ、苦しゅうないぞ。はははは」

膝行してくる二人を見やり、佐々岡は満足げに笑う。

形振《なりふ》り構わず逃げ出した昨夜の醜態を、微塵《みじん》も感じさせはしなかった。

日が暮れても、雨は降り止まない。

だが、福兵衛とおけいは喜色満面。

昨夜の暗い面持ちから一転し、人目を避けて独りで恵比須屋まで訪ねてきた佐々岡の話に、嬉々として耳を傾けていた。

「それでは事なきを得られたのですね、佐々岡さま？」

「安堵《あんど》せい。町奉行如きを黙らせるなど、易《やす》きことぞ」

おけいの酌を受けながら、佐々岡はにやりと笑う。

依田と山田に脅しをかけ、分かっておろうが平側衆殺しについて調べることは一切無用と、重ねて釘を刺したのだ。

浪人どもを全滅させられたのは、今となっては幸いと言えよう。

不覚にも置き忘れた葵の御紋入りの羽織と自前の印籠については、依田に探し出して返却せよと命じてある。

万が一にも老中や若年寄から問い質されたとしても、あくまで知らぬ存ぜぬを押し通せば、いずれ沙汰止みとなるのが目に見えている。

早々に手を打った佐々岡に、抜かりはなかった。

福兵衛が顔を見知っていた北町の二人の同心など木っ端《こぱ》役人にすぎぬが、下手に騒がれては面倒だ。

たとえ御側衆の佐々岡には手出しができずとも、町奉行所が福兵衛とおけいを捕らえ、詮議を行うのは可能なこと。別件で連行され、責め問いにでも掛けられればひとたまりもあるまい。もしも町奉行同士で連携し、南と北の双方から目を付けられてしまっては、それこそ万事休すだ。

故に佐々岡は依田と山田をまとめて恫喝《どうかつ》し、配下の与力と同心に無用の詮索をさせては相成らぬと、厳しく申し付けたのである。

すべては福兵衛とおけいのためではなく、わが身可愛さに為したこと。

救われた二人は、もとより承知の上であった。

「一安心でございますな、佐々岡さま」

愛想笑いを絶やすことなく、福兵衛が言った。

「お菊も左様でございますが、死人に口無しなのは平側衆の方々とてご同様……上様の御茶碗をすり替えられし罪を荻野さまになすり付け、ご出世なされし裏を口外される恐れはもはやございますまい。これでようやく、枕を高《たこ》うしてお休みになられますなぁ」

「ふん、なればこそおぬしらも首がつながったのだから、構うまいて」

「されど、山本さまをお手ずから始末なされた折には難儀をしました。あの北町の同心どもには幾度も押しかけられ、しつこく問い質《ただ》されたものです」

「左様に愚痴《ぐち》るでないわ。今となっては災い転じて福と成ったのだから、それで良いではないか」

慇懃《いんぎん》無礼な福兵衛の物言いにムッとすることなく、佐々岡は杯を重ねる。

「ほれ、そなたも飲むがいい」

「いただきまする」

差し出された杯を、おけいはしなを作りながら受け取った。

深い仲の女が他人に媚《こ》びを売る様を目の当たりにしても、福兵衛は落ち着いたものだった。

佐々岡がおけいに興味を抱き、手を付けてくれれば好都合。

荻野新太郎の謀殺に加担した四人の旗本は、見返りに小納戸から御側衆に出世をさせてもらっただけでは飽き足らず、佐々岡に脅しをかけて金を引き出そうと欲をかいたのが災いして、全員命を落としてしまったが、福兵衛は同じ轍《てつ》を踏むつもりなど毛頭ない。

これからも持ちつ持たれつで上手くやっていくためならば、女一人を差し出すぐらいは安いものだ。

福兵衛が強《し》いるまでもなく、おけいはそのつもりになっていた。

時と場合に応じ、頼りになる男を後ろ盾にするのが彼女の生き方。お菊は生前に想像もしていなかっただろうが、布袋屋でも店の番頭や手代を籠絡《ろうらく》し、上手いこと動かしてきたのである。その破廉恥さをお菊の母に咎められ、幸兵衛に知られぬうちに立ち直らせようとした親心を逆恨みし、心労から病の床に臥《ふ》したのを幸いとばかりに酷《ひど》い目に遭わせて、ついには死に至らしめたのだ。

大人しそうな娘ほど、一皮剝けば恐ろしい。

おけいにはお菊のような華やかさこそ無いものの、娘時分から独特のけだるい色気が備わっている。

その色気には、女遊びの盛んな佐々岡もそそられずにはいられぬ様子だった。

「さぁ殿さま、ご返杯」

「うむ、うむ」

差しつ差されつ、二人は酒を酌み交わしていた。

「ふふふ……初心《うぶ》な菊代も惜しかったが、そなたもなかなかだのう」

「まぁ悔しい、あんな女と比べないでくださいまし」

「ふっ、死しても妬心《としん》は尽きぬらしいの」

「また意地のお悪いことを……そのお口、塞がせていただきますよ」

嫣然《えんぜん》と笑うや、おけいはぐいと杯を傾ける。

そのまま佐々岡に口移しで飲ませ始めたのを、福兵衛はにこにこしながら横で見守っている。

こうなることを見越した上で、店の奥の部屋には布団も敷いてあった。

胸糞悪い光景を、与七は天井裏から見届けていた。

できることなら今この場で、三人まとめて引導を渡してやりたい。

だが、命を奪ってやるだけでは仕置が足りない。

これほど性根の腐りきった外道《げどう》どもには、徹底して酷い目に遭わせてやることが必要だからだ。

人間らしく反省をすることなど最初から期待もできぬが、悪しき所業の報《むく》いを受けさせ、せめて後悔だけはさせねばなるまい。

そこまでやらねばお菊はもとより、荻野新太郎と一重、そしてお菊の亡き母も報われぬだろう。

今はまだ、刃を振るうときには非ず。

そう思うことで与七は怒りを収め、屋根の上へと抜け出していく。

速やかに北町奉行所へ立ち戻り、依田にすべてを報告する所存であった。


「大儀であったの、与七」

一部始終を聞き終えて、依田は視線を巡らせた。

人払いをさせた座敷には与七だけでなく、他の面々も顔を揃えている。

「ふざけやがって……どいつもこいつも救いようがねぇな」

「うむ……冥土《めいど》に送ってやるだけでは物足りぬな」

「いやいや、無間《むけん》地獄でも不足だろうぜ」

一本気な早見はもとより、日頃は冷静な神谷と老獪《ろうかい》な小関も、それぞれ怒りを面《おもて》に出さずにはいられない。

彩香も無言で眉《まゆ》を吊り上げ、じっと虚空《こくう》を見つめていた。

そんな配下一同の反応を見届け、依田は言った。

「斯《か》くなる上は是非に及ばず。派手に開帳いたすがよい！」

暗殺奉行の一言は、悪党退治の幕が上がる合図。

こたびは常にも増して念入りに、段取りをつける必要がある。

死んだほうが楽と思えるほどの苦痛と恥を、如何《いか》にして与えるか——。

それが非業の最期を遂げた者たちへの手向けと心得、抜かりなく事を為す所存の一同だった。

三

最初に動いたのは彩香であった。

数日続いた雨がようやく止んだ、七月に入って早々の昼下がり。

「あら、浜町河岸の先生じゃありませんか」

「まぁ、おけいさん」

彩香は驚いた顔でおけいを見返す。偶然を装っての待ち伏せだった。

「布袋屋さんからお暇を取られたとお聞きしましたが……」

それは早見がもたらしてくれた情報だった。

当人が周囲に黙っていても、人別さえ見れば奉公先を離れた事実は容易《たやす》く突き止められる。もちろん誰にでも調べが付けられるわけではないが、吟味方与力の職権を活用すれば簡単なことであった。

「もうお目にはかかれぬものと思っておりましたのに、驚きました……どうしてまた、こんな立派なところにお住まいに？」

「嫌ですよう先生、お察しくださいましな」

とぼけて答えるおけいは、あれからすぐに布袋屋を辞め、向島の寮でのんびり暮らしていた。

すべては佐々岡に気に入られ、妾となった見返りである。

頼もしい後ろ盾さえ得られれば、女中奉公など続ける意味はなかった。

娘同然に育てられたとはいえ、粘ったところで布袋屋の身代を分けてもらえるわけでもない。

いずれ適当な手代と縁談を調えられ、嫁に出されるだけのことと思えば、お菊が死んでくれたのを機に縁を切るのが、賢いというものだろう。

そこで表向きはあくまで殊勝に振る舞いつつ、本来ならば一心にご奉公を続けさせていただくべきなれど、お菊さまが居なくなられたお部屋で寝起きするのは耐えられませぬと号泣し、幸兵衛に幾重《いくえ》にも詫びた上で暇を取ったのだ。

へりくだって芝居を打つことなど、おけいにとっては朝飯前。

されど、同じ女に対しては見栄を張らずにいられない。

かねてより布袋屋へ往診に訪れるたびに、もとより好色な番頭や手代は言うに及ばず、堅物《かたぶつ》の幸兵衛まで鼻の下を伸ばさずにはいられぬ様を苦々しく思っていた、美貌の女医が相手となれば尚のことだった。

「捨てる神あれば拾う神ありとはまことでございますねぇ、先生」

啞然としている彩香を笑顔で見返し、おけいはうそぶく。

「親に捨てられて布袋屋さんに引き取られ、荻野さまの御家があのようなことになられた後はまた布袋屋の世話となり、私は生き長らえて参りました。こたびはお嬢さまに置いていかれて途方に暮れておりましたら、思わぬ救いの神が現れましてね……ここだけのお話ですけど、ご大身《たいしん》の殿さまなのですよ」

「……それはまた、大したご出世を……」

「はい。この寮も、私独りで好きに遣《つこ》うて構わぬとの仰せで……」

生け垣の傍らに立ったおけいは、広い庭に視線を向ける。

早見たちに斬り尽くされた浪人どもの亡骸はもとより、血の痕《あと》もまったく見当たらない。佐々岡の命を受け、福兵衛が早々に手入れをしたのだ。

武家では流血の惨事が起きた場所を忌み嫌い、しばらくは住むどころか出入りをするのも避けるのが常である。

しかし、おけいは平気の平左。これまで生きてきた中で最も満足の行く住まいを与えられ、贅沢《ぜいたく》な暮らしを満喫することしか考えていなかった。

そんな慢心に、彩香は巧みに付け入った。

「成る程……これからは、おけいさまとお呼び申し上げねばなりませんね」

「まぁ、お上手ですこと」

「それはもう、医も商いでございますから」

にっこり笑って、彩香は言った。

「ご大身のお殿さまのお手付きとなられた上は、おけいさまも女っぷりに磨きをかけなくてはなりませんね。どうでしょう、及ばずながらひとつ私に、お手伝いをさせてはいただけませんか」

「お医者の先生が、あたしのために？」

「はい。お肌の悩みから下《しも》のご指南まで、なんなりとお教えいたします。ご所望があれば殿御を蕩《とろ》かす、媚薬《びやく》の類《たぐ》いもこっそり調合させていただきますよ」

「まことですか？」

意外といった様子で、おけいは彩香を見返す。

大店《おおだな》の旦那であろうと患者に一切媚びを売らず、堅物とばかり思い込んでいた女医の口から出てくる、くだけた言葉の数々に驚かずにはいられなかった。

とりわけ惹かれたのは、肌の悩みに答えてくれるとの一言だった。

床あしらいに自信のあるおけいだが、鮫《さめ》肌がちなのが以前からの悩み事。故にお菊の輝くような肌が妬《ねた》ましく、共に入浴するたびに憎悪せずにはいられなかったものである。

ともあれ、死んだ女などはどうでもいいおけいは、彩香を部屋に招き入れ、惜しみなく茶菓を振る舞った上で悩みを打ち明けた。

「容易いことですよ、おけいさま」

品よく茶を喫し、それでいて饅頭《まんじゅう》は三つもお代わりした上で彩香は言った。

「まずはお化粧をむやみになさらず、洗顔をこまめになさること。その上でお薬を調合しますので、毎日欠かさずお飲みになってくださいな」

「まぁ、肌がきれいになる薬があるのですか」

「ええ。ただし、少々お代は高《たこ》うございますけど……」

「ほほほ、野暮は仰せにならないでくださいまし」

高らかに笑って見せ、おけいは傍らの長火鉢に手を伸ばした。

引き出しの底には、小判と板金《いたきん》がぎっしり。

福兵衛から祝儀と称してせしめた、手切れ金である。

「二両もあれば足りますでしょうか、先生？」

「それはもう、十分でございますとも」

懐紙にくるんで寄越したのを両手で受け取り、彩香は微笑む。

魚は餌《えさ》に食い付いた。

後は手繰《たぐ》り寄せるのみであるが、もとより殺すつもりはない。

しかるべく仕置を済ませた上は解き放し、勝手にさせる所存であった。

四

その頃、神谷と小関は浅草まで足を運んでいた。

訪ねた相手は、奥山の大道芸人たち。

「や、役人だ！」

「は、八丁堀が来やがったぞ！」

客を相手におどけていたのが、一斉に走り出す。

みんなして注進しに及んだ相手は、居合抜きの浪人者。

どうしたことか稼ぎもしないで境内《けいだい》の片隅に立ち、大太刀をさまざまな角度に抜き打っては鞘に納め、また抜いては納刀することを繰り返していた。

芸人仲間が駆け付けたのは、ちょうど残心《ざんしん》を示している最中だった。

「役人ですぜ、先生っ」

慌てた声で呼びかけても、浪人者は微動だにしない。鯉口《こいぐち》を締めて左手を鍔《つば》に添えたまま、足元にじっと視線を向けていた。

技を終えて刀を納め、しばしの間を置くことを抜刀の術では残心と呼ぶ。剣術の立ち合いにおいても同様で、対敵動作の締めくくりに欠かせない。単なる作法にとどまらず、倒したはずの敵が再び襲いかかってきた場合に備え、常に油断をしない気構えを身に付けるための稽古でもあるからだ。

神谷と小関が逃げた芸人たちに追いついたにも拘《かか》わらず、すぐに浪人者に声をかけようとしなかったのも、一目で残心の最中と分かればこそだった。

しかし、再び抜かせるわけにはいかなかった。

「ご鍛錬中に失礼いたす、相楽源之進《さがらげんのしん》どの……いや、今は源斎《げんさい》と名乗っておいでであったな」

「……」

呼びかけた神谷を黙って見返す、浪人者の視線は鋭い。

流れ着いた先の江戸で居合抜きの大道芸人に身をやつし、辛うじて日々の糧《かて》を得ている今も、東北のさる大名家に抜刀術の手練《てだれ》として仕えた頃の、矜持《きようじ》と覇気《はき》を失ってはいないのだ。

そんな浪人者の秘めたる目的に、神谷と小関はかねてより察しが付いていた。

「無茶をするのは止めたほうがよかろうぜ、源斎先生」

境内の片隅まで近寄ってくる物好きがいないのを確かめ、小関は言った。

「お前さん、御側衆の佐々岡を斬るつもりなんだろう」

「ふっ、何を申されるかと思えば埒《らち》もない」

刀から手を離して懐手となり、相楽源斎は苦笑した。

「人の来し方をどこまで調べられたのかは存ぜぬが、今のそれがしは禄を離れて久しき身。他にはさしたる才も持ち合わせておらぬ故、心ならずも武士の表芸を売り物に替えて小銭を稼ぐことしかできぬ、しがない浪人者にござる。左様に大それた真似など、するはずがあるまいぞ」

「だったらお前さん、どうしてそんなに気を入れて稽古をしてるんだい？」

はぐらかされることなく、小関は続けて言った。

「その大太刀を抜き差ししたり、巻き藁《わら》を抜き打ちにぶった斬るだけのことなら何もそこまで鍛錬するには及ぶめぇ……お前さん、どうやら人を斬るのは初めてらしいな」

そう告げたとたん、相楽の目が細くなった。

秘めた目的を見破られてしまった以上、このまま帰すわけにはいかない。

罪なき芸人仲間を大勢手にかけ、恥じもせずにいる外道に天誅《てんちゅう》を加えるまでは捕まるわけにはいかなかった。

「おやじどの」

神谷が小関をかばって身を乗り出す。

それよりも早く、横から割り込む者が居た。

「そのぐらいにしておけ、おぬしたち。そちらのご浪士に無礼であろうぞ」

おもむろに現れたのは、深編笠を着けた武士。

「お、おぶ……」

穏やかながら貫禄に満ちた声を耳にしたとたん、小関は慌てた。

どうやら依田は下城して早々に装いを改め、後を尾《つ》けてきたらしい。

「生憎《あいにく》だが、おぶうのは綺麗どころのみと決めておる。おぬしは目方も重そうであるしの、背負うてほしくば相方の色男に頼むがいい」

何食わぬ顔で小関に告げると、依田は相楽の前に立ちはだかる。

「その大太刀、ちと拝借願おうかの」

「な、何と申されるか」

「巧言《こうげん》を弄《ろう》するよりも、手の内の冴えを示すことで貴公の信を得たい……ちなみに儂の腕は、それなる色男の上を行っておるぞ」

驕《おご》った物言いに聞こえぬのは、態度があくまで穏やかであればこそ。

それでいて、押し寄せる気迫は尋常ではない。

逆らえずに相楽は左腰から、鞘のまま差料を抜き取った。

「かたじけない」

受け取った大太刀を帯刀し、依田は静かに息を吸い込む。

しゅっ。

先日の神谷よりも低く重たい刃音と共に、抜き打った刃が空を裂く。

「な、何と……」

相楽はもとより、神谷と小関も息を呑む。

言葉だけでなく、明らかに神谷の上を行く腕前だった。

しかも深編笠を被ったままでありながら、刀さばきは正確そのもの。刃先で誤って相楽を傷付けることなく、届かせるのを間合いぎりぎりのところにとどめていた。

残心を示しながら納刀を終え、依田は腰間《ようかん》から大太刀を抜き取った。

「されば相楽氏《うじ》、儂の頼みを聞いてはくれぬか」

「な、何でござるか」

「貴公の代役をさせてもらいたいのだ」

「それがしの、代役とな？」

「左様。実を申さば、儂も佐々岡めに少々恨みがあってな」

「さ、されど……」

「分かっておる。貴公、その手で仲間の意趣返しをいたさねば一分《いちぶん》が立たぬのであろう？」

戸惑いを隠せぬ相楽に、依田は変わらず穏やかな口調で告げるのだった。

「何もすべての出番を寄越せとは申さぬ。貴公にも、果たしてもらいたき役目があるのだ。佐々岡の非道を世に知らしめ、二度と驕《おご》り高ぶることが叶わぬようにしてやるために……の」

五

一方、暑気あたりが治った新平は、福兵衛の商いぶりを調べ上げていた。

神谷が隠密廻同心の御用に時間を割けられなければ、岡っ引きとして働くには及ばぬので影御用のための探索に専念できる。

三度の飯より好きな捕物もいいが、これはこれでぞくぞくするというものだ。とは言え、もとより遊び気分でやっていることではない。

常にも増して真剣に歩き回り、新平は成果を出していた。

神谷のお供をするときに持ち歩いているのと別に用意した帳面は、すでに書き込みで一杯になっている。

福兵衛の働いた悪行は、思った以上に多かった。

「こいつぁひどいな。欲をかいた報いにしても、騙《だま》された人が多すぎる……」

自室に籠もって帳面の書き込みを丹念に清書しながら、新平は溜め息を吐かずにいられない。それは偽物を摑まされたと目を付けた好事家《こうずか》を訪ねて回り、重い口を辛抱強く開かせて、一人ずつ訊き出した情報であった。

念入りに調べを進めた結果、米相場での荒稼ぎぶりも詳細に分かってきた。

「成る程な……偽物の骨董を売りさばいては相場に注ぎ込んで、上手《うま》いこと稼ぎを増やしてやがる。その上前を佐々岡が撥《は》ねてるってことかい……」

とは言え、佐々岡は何の見返りも与えずピンハネをしていたわけではない。

大坂堂島《どうじま》の米会所で行われる相場は、後の世で言うところの先物取引。収穫前の米の出来高を予想するには、情報を集める手蔓《てづる》が物を言う。そこで佐々岡は御側衆の威光を利用してネタを集め、福兵衛に流していたのだ。

そもそも米相場とは今は亡き吉宗公が英断を下し、始めさせたものである。

とは言え無条件に商人たちに儲けを出させたわけではなく、将軍の座に在った頃から大御所となった後まで、幕府が介入することを諦めずにいたのは米価そのものを統制し、その米をすべての基盤としている武家の立場を未来永劫、揺るぎないものにしたい一念ゆえのことだった。

米会所を牛耳《ぎゅうじ》る商人たちに迎合して便宜を図り、見返りに儲かるネタを流してもらっている佐々岡や、そのおこぼれに与《あずか》る福兵衛の如き輩《やから》に私腹を肥やさせるためとは、断じて違う。

これもまた、将軍家の威光を汚《けが》す所業と言えよう。

「そうでもしなけりゃ相場の素人が毎度儲かるはずがありゃしない。佐々岡とのつながりを断たれちまったら、どうにもならないこったろうね……」

淡々とつぶやきながら、新平は傍らに目を向ける。

与七は打粉《うちこ》をくるんだタンポを片手に、黙々と小太刀の手入れをしていた。

「外堀はこれで埋まったよ。お前さんの出番もすぐだから、待っておくれ」

「へい」

頷く与七はまんべんなく、刀身に打粉を振るのに余念がない。

いつも頼んでいる研師《とぎし》の許から、昨日引き取ってきたのである。

研ぐだけではなく手入れもしてくれるので、戻ったそのままの状態ならば打粉を振り直すには及ぶまい。

打粉とは刀を研いだ水を漉《こ》し、乾燥させた後に残る砥石の粉のこと。

刀身が錆《さ》びるのを防ぐ目的で塗られる丁子油《ちょうじあぶら》が、長いこと放っておくと油焼けをしてしまって逆に傷みの原因となるため、打粉を振って懐紙で拭い、また塗り直すのである。

与七が昨日の今日で小太刀の手入れをしているのは、昼前に出先で試し斬りを済ませてきたからだった。

外回りの合間に赴いたのは、八丁堀の神谷の組屋敷。

庭を借り、巻き藁を五本ほど斬らせてもらったのだ。

家族が居る早見と小関と違って、独り身の神谷はこういうときに頼りやすい。

留守番のおたみも委細承知しており、あらかじめ水に浸けておいた古い畳表を荒縄で巻き、拵えてくれた巻き藁は申し分のない出来だった。

試した小太刀の切れ味は期待に違わず鋭く、さほど研ぎ減りもしていなかった刀身は重厚そのもの。

凡百の男では扱いかねるであろう、堂々たる一振りだ。

この重たい一振りを女だてらに振るい、お菊は戦ってきたのである。

「………」

与七は懐紙を取り、打粉を振った刀身を拭う。

新平は再び文机《ふづくえ》に向かい、清書をするのに集中している。調べ上げたすべてを依田に報告するためだった。

すでに他の面々も調べを終えて、悪党どもを仕置する段取りを付けた頃。新平も後れを取ることなく、福兵衛に罠を仕掛けるつもりである。

「目にものを見せてやろうじゃないか、与七」

「へい」

障子越しの西日に、手入れを終えた小太刀がきらりと光った。

愛する夫と姑の意趣返しにすべてを捧げ、孤独な戦いの末に散ったお菊の情念を宿しているかのような、美しくも鋭い煌《きら》めきであった。

六

その夜、佐々岡の屋敷に一通の文《ふみ》が届いた。

「果たし状とな？」

日が暮れてから下城した佐々岡は、見るからに不機嫌そうである。

胡乱《うろん》な文を送り付けられたせいだけで、立腹していたわけではない。

大岡が夏風邪をひいてしまい、勤めを休んでいるせいで御用が繁多なのだ。

御側衆の筆頭が病床に臥したとなれば、誰も文句を言えはしない。

田沼もすっかり大人しくなり、大岡の不在の穴を埋めるべく黙々と励んでいるため、近頃は佐々岡も難癖を付けることができずにいた。

ともあれ、果たし状と聞かされては放ってもおけない。

「して、何者からじゃ」

恐る恐る差し出す封書を受け取りながら、佐々岡は憮然《ぶぜん》と用人に問うた。

「相楽源斎……浅草は奥山にて評判の、居合抜きの名手にございます」

「ふん、聞かぬ名だの。武芸を売り物にいたすとは、どのみちろくな奴ではあるまい」

初老の用人を睨《にら》み付け、佐々岡は封書の裏を確かめる。

「む……」

一目見るなり、佐々岡は押し黙る。

紙こそ安物の漉《す》き返し（再生紙）だが、筆跡は流麗そのもの。よほど書の修業を積んでいなければ、これほど優雅には書けまい。

それほど達筆でありながら、書面の内容は剣呑《けんのん》そのもの。

「数多《あまた》の罪なき芸人を手にかけし貴殿の所業はまことに許しがたく、しかるべき罰を受けていただきたく、切に願い上げ候。されど天下の御法を以てしても貴殿を裁くは至難と知るに及び、斯《か》くなる上はそれがしと、尋常なる立ち合いを……」

だと？　おのれ！　下郎《げろう》の分際で‼」

叫び声を上げるなり、佐々岡は文《ふみ》を破り捨てた。

しかし、それで事が済んだわけではない。

続いて揺さぶりをかけられたのは、翌朝の登城中のことであった。

「待て、佐々岡大悟！」

「な、何奴《なにやつ》じゃ⁉」

慌てて乗物の窓から覗き見ると、御濠端《おほりばた》に立っていたのは蓬髪弊衣《ほうはつへいい》の浪人者。三尺を超える大太刀を帯びても見劣りのしない、尾羽《おは》打ち枯らしていながらも堂々とした雰囲気を持つ剣客であった。

それでいて、口から衝《つ》いて出る言葉は聞き捨てならない。

「御側衆が聞いて呆れるわ！　うぬは数多の弱き者を手に掛けし、悪しき辻斬りではないか‼」

「お、おのれ」

怒りの余り、佐々岡は乗物の戸を引き開ける。

慌てたのは担ぎ手の陸尺《ろくしゃく》たち、そしてお供の面々である。

「と、殿っ！」

「危のうございまする！」

「儂に構うな！　それより、あやつを何とかせい‼」

口から泡を飛ばして、佐々岡は吠える。

我を失ったのも無理はなかった。

朝の御濠端は登城する大名と旗本の乗物、そしてお供で一杯。こんなところで声を張り上げ、罵詈雑言《ばりぞうごん》を浴びせられては目も当てられない。しかも天下の御側衆が辻斬り呼ばわりをされるなど、あってはならぬことだ。

せめて速やかに取り押さえることができていれば、まだ良かった。

だが、相手も大人しく捕まりはしない。

「わっ！」

「うっ!?」

立ち向かった供侍たちが、ばたばたと倒れ伏す。

浪人者――相楽源斎は大太刀を鞘に納めたまま、刀身に見合って長大な柄《つか》のみを振るっていた。

往来で抜刀するに及んでいれば、居合わせた大名や旗本も加勢をせざるを得なかったことだろう。江戸市中、しかも登城してきた大名と旗本が出入りする大手御門の近くで刃傷沙汰《にんじょうざた》が起きたとなれば、放ってはおけないからだ。

しかし相楽は鯉口を切りもせず、当て身で失神させるのみ。

しかも長居は無用とばかりに、早々に逃げ去ってしまった。

家臣たちでは当てにならぬ以上、自力で何とかするしかあるまい。

「ま、待てい」

佐々岡は押っ取り刀で乗物から飛び降りた。

足袋裸足《たびはだし》のまま駆け出さんとした刹那《せつな》、行く手を一挺の乗物が塞いだ。

「ええぃ、退《ど》け！　退かぬかっ!!」

怒声を浴びせても、乗物はぐるぐる回るばかり。

とんだ邪魔が入ったものだ。

何も担ぎ手の陸尺たちがふざけていたのではない。乗ったあるじが中で盛んに動いているために、どうにもならずにいるらしい。

「うぬっ……」

見れば、家紋は三つ蝶。

信濃《しなの》源氏を祖とする、依田家の紋所ではないか。

程なく揺れは収まり、乗物は路上に降ろされた。

「ううむ、儂としたことが癪《しゃく》を起こしてしもうた……皆、難儀をかけたのう」

引き戸を開け、頭を振りながら出てきたのは見紛《みまが》うことなき依田政次。

「い、和泉守どの……」

「おや佐々岡さま、勇ましき出《い》で立ちで何事でございまするか」

「うぬっ……」

悪気のない素振りに、佐々岡は歯噛みをするしかない。

疾《と》うに相楽は逃げ去って、影も形も見当たらなかった。

「はぁ、はぁ……」

相楽が息せき切って駆けてくる。

揺れる大太刀を左手で押さえ、邪魔にならぬようにしながらのことである。

御濠端から離れ、武家地を突破した先の船着き場でその到着を待つ神谷と小関の目にも、懸命に走る姿が映じていた。

「大した速足だな。おやじどの、あの調子であれば、わざわざ船を用意するには及ばなかったかもしれぬぞ。これは無駄金だったかな？」

「いやいや、用心のために品川宿まで真っ直ぐ行かせたほうがよかろうよ。俺らが船賃を惜しんだせいで待ち伏せされて、もしも命を落とす羽目になっちまったら寝覚めが悪いだろうが」

「うむ、それもそうだな」

声を潜めて交わす言葉は相楽にはもちろんのこと、心付けを弾んで待機させている船頭の耳にも届いていない。

すでに追っ手は全員振り切られ、追いすがってくる者は誰もいなかった。

「お……お待たせいたした……」

苦しげに息を継ぎながら、相楽が船着き場に降り立った。

「待ってたぜ先生、無事で何よりだったなぁ」

よろめく足を踏み締めながら歩み寄ってくるのを、小関は笑顔で迎える。労をねぎらうだけではなく、竹筒に汲んでおいた水を渡すのも忘れない。

「か、かたじけない……」

汗だくになった髭面《ひげづら》に、相楽はぎこちなく笑みを浮かべて答える。

疲れ切ってはいても、何ら悔いている様子はない。

登城中の佐々岡を待ち受けて辻斬り呼ばわりするという、大胆な真似をするに至ったのは、先日の浅草奥山で腕の冴えを示した後、自ら素性を明かした依田が直々《じきじき》に頼んだが故だった。

外道を許せぬ気持ちは重々分かるし、実に見上げたものである。しかし御側衆に勝負を挑んで抜刀したとなれば、たとえ本懐を遂げても大罪人扱いで極刑に処されるのは必定。もしも仕損じたら目も当てられず、相楽はその場にて斬り捨てられた上で他の大道芸人たちも根こそぎ捕らえられ、必ずや酷《ひど》い目に遭わされるに違いない――。

依田はそう言って相楽を説き伏せ、外道を懲らしめる役目は自分に任せた上で先触れの任を担ってはもらえまいか、と持ちかけたのだ。

すべては罠を仕掛け、佐々岡を誘い出すための段取りだった。

「大儀であったな、相楽どの」

一息つくのを待って、神谷が風呂敷包みを差し出した。

「約束の道中支度だ。まずは疾《と》く着替えるがよかろうぞ……それから餞別《せんべつ》を用意した故、遠慮なく納めてくれ」

そう言って包みの上に載せたのは、ずしりと重たい胴巻きだった。

浪人でも士分であるため道中手形は要らないが、肝心の先立つものがなくては江戸を離れ、旅をするのもままならない。そこで依田に相談したところ、御下賜金《ごかしきん》――田沼が幕府の公金から流用してくれる、影御用の報酬に上乗せをさせればいいからとひとまず自腹を切り、大枚の十両を寄越したのであった。

武士は相身《あいみ》互いである。

たとえ浪人であろうとも、矜持を持っている限りは立派なもののふのはず。

少なくとも、相楽はそう呼ぶにふさわしい人物だった。

なればこそ佐々岡の非道を見過ごせず、自ら立ち上がらんとしたのである。

左様に思えば、出来る限りのことをしてやりたかった。

「これだけあれば落ち着き先を探し、当座の店賃を賄《まかな》うのに足りるはず……何処《いずこ》かに腰を据え、居合抜きではなく抜刀術の指南を始めることだな」

「いや、それがしはもう……」

「その腕を見世物のみに振るうは勿体《もったい》なきことぞ。心機一転、出直すがよい」

「かたじけない」

重ねて礼を述べた上で、相楽は二人に深々と頭を下げた。

「わが身の処し方にも増して案じられるは、奥山の芸人衆のことにござる。江戸に流れ着いて身過ぎ世過ぎもままならず、行き倒れになりかけたところを助けてもろうた恩もござれば、くれぐれもよしなにお頼み申す……」

「あいつらのことなら任せておきねぇ。俺らがきっちり見廻って、二度と辻斬りなんぞに狙われねぇようにしておくからよ」

それは相楽のためだけでなく、影御用の上でも必要な措置だった。

犠牲者が大勢出た後になって動き、悪しき輩を成敗したところで失われた命は還ってこない。こたびの一件を反省の糧《かて》として活《い》かし、今後はできるだけ不穏な動きを事前に察知した上で悪の芽を摘むべしと依田は考え、その旨を家重公にも進言しておくと神谷たちに請け合ってくれていた。

ともあれ、今は相楽を無事に落ち延びさせるのが先である。

「それじゃ、達者でな……」

「陰ながら武運を祈っておるぞ……」

口々に励ます二人に一礼し、相楽は船に乗り込む。

着物も羽織も野袴もすべて下ろしたてをまとった姿は、なかなかの男振り。

やはり、ひとかどの武士と見込んだことに間違いはなかったらしい。

災い転じて福となし、心機一転出直してくれれば、これに勝る喜びはない。

「せめて一人ぐらいはよ、生きてるうちに救えてよかったって思いてぇやな」

「うむ……」

遠ざかっていく船影を見送りながら、相楽の行く手に幸多からんことを心から祈らずにいられぬ神谷と小関だった。

七

その日の夜更け、佐々岡は大川端までやって来た。

相楽から指定された刻限どおり、自ら足を運んだのである。

もちろん独りきりではなく、十名余りの手勢を引き連れていた。

無礼者を取り囲み、今度こそ逃がさぬようにした上で斬り刻んでやる――。

そんな悪しき企みを持ってのことだった。

かつて密かに繰り返していた辻斬りでは家臣を動員するわけにもいかず、金で雇ったごろつき浪人どもを使っていたが、向島の寮で早見たちに全滅させられてしまった今は、もはや一人も残っていない。

そこでやむなく、家中の侍たちを同行させたのだ。

不幸中の幸いと言うべきか、今宵の行いに限っては、まったく人目を憚《はばか》るには及ぶまい。むしろ多くの耳目《じもく》を集めたほうが恥を自ら雪《すす》いだ証《あか》しとなり、好都合というものだったが、仮に場所を変えて誘い出そうとしたところで、まず相手は乗ってこないだろう。

故にやむなく指定を守った上で、夜更けの堤に陣を敷いたのだ。

言葉の綾などではなく、土手の桜並木を利用して、佐々岡家の紋を染め抜いた陣幕が物々しく張られていた。

この桜並木は、かつて吉宗公が命じて植えさせたものである。仮にも直参旗本ならば粗略には扱えぬはずだが佐々岡は意に介さず、青葉の繁る枝に縄を掛けて幕を吊り下げ、ぐるりと周囲に巡らせていた。

何とも呆れた所業であるが、当人は気にしていない。

自分は天下の御側衆。何をしようと我儘《わがまま》勝手。

今や佐々岡の頭の中は、無礼者を成敗することで一杯だった。

「構わぬ故、見つけ次第斬り捨てよ」

「ははっ」

答える家士たちはいずれも革襷《かわだすき》を掛け、袴の股立《ももだ》ちを取った臨戦態勢。

さすがに御府内で弓鉄砲を持ち出すのは無理であったが、それぞれ大小の刀を帯びた上で手鑓《てやり》を携えている。

太平の世では鑓についても規制が厳しく、大名と直参旗本を除いてはみだりに持ち運ばせることもできないが、柄の短い護身用の鑓ならば、たとえ軽輩が所持していても罪に問われることはないからだ。

大将よろしく床几《しょうぎ》に座った佐々岡自身は先祖伝来の長鑓を用意させ、いつでも手に取れるように備えていた。

驕り高ぶりながらも油断せずにいるのはあれから敵の素性を調べさせ、浪々の身となる以前は抜刀術の手練と知られ、三尺一寸物の大太刀を自在に操ることができると知るに及んだからであった。

慢心しすぎて不覚を取れば、それこそ末代までの恥。

何としても突き伏せて、雪辱を果たさねばなるまい。

幸いなことに、敵の得物《えもの》は大太刀。

公儀が決めた定寸《じょうすん》を遥かに超える、御法破りの刀を所持する輩が相手となれば迎え撃つのに少々行き過ぎた真似をするのも、致し方なきことであった。

どのみち、倒してしまえば死人に口なし。

佐々岡個人にとどまらず、御政道まで批判されたと偽ってもいい――。

「早う出て参るがいいわ、慮外者《りょがいもの》め」

嗜虐《しぎゃく》の笑みを浮かべつつ、佐々岡はつぶやく。

そんな様子を、早見は夜風に翻《ひるがえ》る陣幕の隙間から盗み見ていた。

神谷と小関も一緒である。

いずれも黒い布で覆面をして、今宵は顔を見せていない。

先夜の浪人どもと違って、家士たちを斬ってしまうわけにはいかない。愚かな主君に従っているのは罪深いが、さすがに命まで奪うのは酷と言えよう。

故に今宵の早見たちは自前の刀と脇差を彩香の診療所に預け置き、北町奉行所から持ち出した備品の刃引《はび》きを、それぞれ一本差しにしていた。

捕物で下手人を生け捕りにするため刃を潰し、斬れなくした刀身ならば、怪我をしても致命傷には至らない。

無言で頷き合い、三人は敵陣に乗り込んでいく。

背後を突いての襲撃だった。

「て、敵襲ぞ！」

「出合え、出合え！」

慌てふためく家士たちに、唸りを上げた刃引きが叩き込まれる。

捕物出役《しゅつやく》で使い慣れた神谷と小関はもちろん、早見も振るう手付きに危なげはない。敵に打ち込む寸前に反転させて峰を当て、斬られたと思い込ませて失神を誘う峰打ちと違って最初から、思いきり打ち込めるので楽だった。

とは言え、やり過ぎは禁物である。

「ちっ。さすがに骨まで折っちまうわけにはいかねぇか……」

ひとりごちながら、早見は刃引きを一閃《いっせん》させる。

重たい打撃を見舞ったのは、家士が構えた手鎗の柄。

叩き落とすと同時に間合いを詰め、みぞおちに鉄拳を叩き込む。

一方の神谷も軽やかに刃引きを振るい、気絶させるにとどめていた。

小関に至っては、最初から防御にしか用いていない。

得意の骨外しもせず、当て身を喰らわせるにとどめていた。

「わっ！」

「ひっ!?」

「ぐわっ」

ばたばたと家士たちは倒れていく。

「うぬっ……」

もはや佐々岡も座ったままではいられない。

「何をしておる？　討って出ぬかっ」

長鎗を手にして目を血走らせつつ、おろおろしていた用人をけしかける。

「は、ははっ」

慌てて刀の鞘を払い、初老の用人はまろび出る。

すかさず駆け寄ったのは小関だった。

「お互えに歳《たけ》なんだから無理は止《よ》そうぜ、ご同輩」

小声で告げるや、ぴしっと首筋に軽く一撃浴びせる。

「ううっ……」

たちまち白目を剥いたのを傍らの木に寄りかからせて、小関は腰を上げる。

じろりと向けた視線の先には、孤立無援となった佐々岡。

早見と神谷の連携に蹴散らされ、もはや動ける家士はいない。

追い打ちをかけるかの如く、新手が佐々岡の前に立ちはだかった。

見覚えのある弊衣に、三尺一寸物の大太刀。

にも拘わらず佐々岡が誰何《すいか》したのは、気迫の違いを感じ取ればこそだった。

「う、うぬは何者ぞ！」

相楽もひとかどの剣客には違いあるまいが、漂う殺気がまだ甘い。

業前《わざまえ》も胆力も厳しい修行を経ることで錬れてはいたが、今まで人を斬ったことはないからだ。

しかし、この男は違う。

長きに亘《わた》って斬人を重ねてきた凄みが、全身から漂い出て止まずにいるのだ。

もちろん、日頃から殺気を垂れ流してなどいない。

平素はあくまで穏やかに振る舞い、誰からも人斬りと気付かれず、密かに影の御用を果たす者。

言わば将軍の刺客として、悪を討つ身なればこそのことであった。

「相楽源斎、推参」

淡々と告げながら依田は一歩、前に出る。

長い鞘がぐんと引き絞られ、三尺を超える大太刀が抜き打たれた。

「おのれっ」

負けじと佐々岡は鐺を繰り出す。

キーン。

上がったのは軽やかな金属音。

突きを防いだ次の瞬間、依田は一気に前進していた。

抜いた刃を鐺の長柄《ながえ》に当てて、そのまま一気に滑らせたのである。

鐺封じの一手「橋がかり」だ。

これでは文字どおり、橋を架けられたかの如く間合いを詰められ、そのまま刃を浴びてしまう。

堪《たま》らず佐々岡は手を離し、退《ひ》こうとした。

刹那、依田がぐんと大太刀を振り上げる。

「ぎゃっ！」

佐々岡の悲鳴と同時に、血煙が上がった。

逆袈裟《ぎゃくげさ》の一刀で断たれたのは、両腕の筋《すじ》。

その気になれば手首ごと斬り飛ばすことも可能だったが、依田はわざと手の内を甘くして、軽く振り抜くにとどめていた。

裂かれたのは肉のみで、骨にまで達していない。

とは言え、刃物傷とは侮れぬものである。皮膚と血管だけではなく、神経まで断たれてしまうからだ。もちろん、痛みは激しい。

刃が触れた瞬間は冷たく感じるだけだが、時が経つにつれて痛みは耐えがたいほど増してくる。たとえかすり傷であろうと、きっちり止血をしなければ激痛も止まらないのだ。

「う……ううっ……」

佐々岡が両膝を突いたまま動けなくなったのも、無理からぬことだった。

「おぬし、少しは人の痛みが分かったか」

立ち上がれぬのを見下ろして、依田は淡々と呼びかける。

「もはや刀は生涯振るえまい。それが世のため人のためであろう」

「お、おのれは依田……」

「さに非ず。それがしは相楽源斎と申す」

「こ、この期に及んで謀《たばか》る気か……ひ、卑怯者《ひきょうもの》め……」

「卑怯者とは心外だの。ならば、名無しの権兵衛《ごんべえ》とでも申そうか」

「ふ、ふざけおって……」

「そうではない。おぬしの手に掛かりし、無辜《むこ》の者たちに成り代わってのことと覚えておいてもらおうか」

「おの……れ……」

呪詛《じゅそ》の呻《うめ》きを上げながら、佐々岡は気を失った。

すかさず神谷と小関が駆け寄って、両脇を抱え上げる。

後に続いた早見は懐を探り、下ろしたての手ぬぐいを取り出す。

慣れた手付きで血止めをしながら、依田に向かって問いかける。

「浜町河岸に運んでよろしいですかい、お奉行？」

「うむ。傷の手当てだけは、しかと頼むぞ」

「心得ました。もとより彩香先生も、そのつもりでお待ちですぜ」

笑顔で告げつつ、早見は傷口をぎゅっと縛り上げる。

一方の小関は佐々岡の側から離れ、陣幕を取り外しにかかっていた。

桜の枝を折らぬように気を付けつつ縄を解き、外した幕をざっと折り畳んで肩に担ぎ上げる。

「細工は流々、仕上げをご覧《ろう》じろ……ってな」

つぶやきながらも、小関は笑みがこぼれるのを押さえきれない。

土手を下ったところには、すでに迎えの船が着いていた。

「片は付いたんですか、旦那がた～」

舳先《へさき》から呼びかける新平の後方では、与七が船尾に座っている。

自ら漕ぎ手を買って出たのは、気持ちの整理が付いていればこそ。

早見と神谷が担いできた、動かぬ佐々岡を見ても激昂《げっこう》はしなかった。

この男にふさわしい仕置が待っているのは、もとより承知の上である。

それはひと思いに殺されるより耐えがたい、恥辱に満ちた制裁であった。

八

翌朝、登城した大名と旗本は誰もが度肝《どぎも》を抜かれた。

江戸は今日も朝から晴れていた。

燦々《さんさん》と降り注ぐ陽の光が、大手御門を照らしている。

その門前に、異様な風体《ふうてい》の男が晒されていた。

両手両足を縄で縛られ、上から吊るして無理やりに立たされている。

それでも両腕の刀傷は縫合され、さらしの包帯もきちんと巻かれていた。

だが、着物も袴も着けていない。

襦袢《ジュバン》ばかりか、下帯まで取り上げられた丸裸。

着衣の代わりに頭から被せられていたのは、家紋入りの陣幕の一部。染め抜かれた紋所をわざと胸元に持ってきた、いわゆる貫頭衣《かんとうい》に仕立てられている。

とは言え、帯を締めていないので両脇は開いたまま。

よほど長いこと放置されていたらしく、丸見えになった下半身は漏らした小便で濡れている。

そんな男の足元に敷かれていたのは、事もあろうに三つ葉葵の羽織だった。

どこの愚か者かと思いきや、面体《めんてい》までは分からない。

猿轡《さるぐつわ》を嚙ませた上で、ひょっとこの面を着けさせられていたからだ。

それは依田が以前にオランダのカピタンから聞き取った、西洋において名誉を剝奪《はくだつ》するための刑罰を基にして考えついた仕置だった。

江戸の日本橋の如く、町中の目立つ場所にわざと晒し場を設ける発想は日の本と同じだが、ふざけた面や衣服をまとわせて往来に立たせ、道行く人々から罵声を浴びせられるように仕向けるとは重ね重ね、念の入ったことである。

しかし佐々岡への制裁は、まだ足りてはいなかった。

将軍を軽んじた罪を暴いて裁くことが公儀にとって恥となるのなら、別の形で葵の御紋を汚させて、改めて咎を受けてもらおう。

故に不謹慎と思いながらも向島の寮で回収した羽織を活用させてもらい、このような形で大手御門の前に晒させたのだ。

天下の御側衆も、今や形無し。

猿轡を嚙まされた佐々岡は、ひょっとこの面の下で涎《よだれ》をだらだら流すばかり。

身動きばかりか口まで封じられては、言い訳をすることもままならない。

それでいて、正体だけは丸分かり。

顔が隠れていても陣幕で仕立てられた貫頭衣、おまけに首からぶら下げた印籠の家紋を見れば、誰なのか一目で分かる。

困ったのは、朝になるまで晒されたことに気付かなかった御門の番士たち。

「ううむ、困ったのう……」

「何としたものでありましょうか……」

番所の中にこそこそ集まり、額を集めて相談しても答えは出ない。

とにかく、自分たちが咎めを受けることだけは避けたい。

「皆、我らが眠り込んでおったことはゆめゆめ明かすでないぞ」

まさか与七が隙を突いて番所に忍び込み、彩香に調合してもらった眠り薬を茶に仕込んだせいでこうなってしまったとは、番頭《ばんがしら》でさえ知る由もなかった。

しかし勝手に解放することも、葵の御紋を汚している以上は出来かねた。

斯《か》くなる上は、登城してくるお歴々に判断を仰ぐしかあるまい。

左様に期待を込めていたものの、日頃から佐々岡にやり込められてばかりいる老中や若年寄は、誰なのか気付きながらも見て見ぬ振りをするばかり。

「ご老中、如何いたしますか」

「捨て置け」

「若年寄さま、何卒《なにとぞ》……」

「構わぬ」

困惑しながら門番たちが懇願しても、素知らぬ顔で通り過ぎていくばかり。

そんな面々の中でも極め付けは、田沼意次。

「と、主殿頭さま！」

期待を込めた門番が、乗物の側まで駆け寄っていく。

しかし、遠目に見やる顔は無表情。

淡々と、こう述べただけであった。

「上様には躬共《みども》が謹んで事の次第を申し上ぐる。ご裁許をいただき次第、しかるべく処断いたす故、それまで構うに及ばぬぞ」

むろん、胸の内では快哉《かいさい》を叫んでいた。

（やってくれたな、和泉守どの……）

笑い出したいのを堪えながら、足取りも軽く大手御門に歩み寄っていく。

さすがに見かねて介抱させたであろう大岡が、まだ夏風邪で勤めを休んでいたのは幸いだった。

田沼が助け舟を出さぬ以上、これまで佐々岡に同調していた新入りの平側衆は誰も何も言えはしない。

もっとも、田沼も完全に無視を決め込んだわけではなかった。

門を潜る前に立ち止まり、小便まみれの羽織をそっと足元から抜き取る。

眉ひとつ動かすことなく丁寧に畳んだのは、葵の御紋入りなればこそ。そうでなければ触れるどころか、自ら踏みにじりたいところであった。

ひょっとこの面は外さぬまま、田沼は耳元に口を近付ける。

声を低めたささやきは、門番たちにも聞こえなかった。

「ご介錯《かいしゃく》をお願いするのは和泉守どのでよろしゅうございますな？　そも介役はご存じ寄りの腕利きにお任せいたすが武家の倣《なら》い……。あの方ならば間違いのう、ただ一太刀でお楽にしてくださいましょう……」

三つ葉葵を汚したとなれば切腹して自らを裁くことも許されず、打ち首にされるは必定。そもそも両腕が動かなければ、短刀を握ることもままならない。

御側衆にまで上り詰めた身にとっては、耐えがたい恥辱であった。

一方のおけいは彩香の仕掛けた罠にはまり、勧められるがままに服用した毒薬で顔が腫《は》れ上がり、髪がばさばさ抜け落ちてしまっていた。

とは言え、急に見るも無残な有り様になったわけではない。

最初の頃は肌がしっとりと潤ってきて、大いに喜んだものである。

だが、それは単に皮膚がふやけただけのこと。

日を追うごとに毒が回り、わが目を疑い始めたときには遅かった。

櫛《くし》けずるたびに抜けた髪は今や半分も残っておらず、腫れが進んだせいで目も口も塞がってきて、視界がきかぬばかりか声も出にくい。

おまけに手足が痺れてしまって、厠《かわや》に立つだけでも一苦労。

毎日欠かさず薬を飲んでいるのに、これは一体どうしたことなのか――。

まとめて処方された薬も、先ほど服用した分が最後だった。

今日にも彩香が届けてくれるはずだったが、昼を過ぎても姿を見せない。

「先生……た、助けて……」

つぶやく声も、今やか細い。

虚ろなおけいの耳に、冷たい声が聞こえてきた。

「お似合いの姿になりましたね、おけいさま」

いつの間に、部屋の中まで入ってきたのか。

気配を感じさせることなく、彩香は屏風の陰から現れる。

いつもの十徳《じっとく》姿から一転してきらびやかな着物をまとい、張りのある唇に紅を差した様は艶《あで》やかそのもの。今や見る影もないおけいとは、比べるべくもなかった。

「は、浜町河岸の先生……」

「お前さま、とんでもないものをお飲みになりましたね。その薬は唐《から》渡りの恐ろしい猛毒なのですよ。その昔、お大尽のご側室で薬学の心得のある女人が美貌で勝るご正室を憎悪する余りに、醜くしてしまいたい一念で製法を編み出したそうですよ。私も伝え聞いたとおりに処方はしてみたものの、まことに効いた有り様を目の当たりにするのは初めてです。ほほほ、天罰てきめんで物の見事に薬効が出ましたこと」

「な……何ですって……!?」

おけいは耳を疑った。

彩香はそこらの藪医者とは違う。女の身ながら、将軍付きの御典医にも引けを取らぬのではないか、と評判を取ったほどの名医なのだ。

その彩香が親切に勧めてきて、過分な薬礼まで受け取っておきながら毒薬など飲ませるはずがあるまい。

そもそも感謝こそされても、恨まれるような真似などしてはいないのだ。

しかし、冗談にしては度が過ぎる。

何はともあれ、この惨状を治してもらわねばなるまい。

「せ……先生」

「おお、気味が悪い。近寄らないでくださいまし」

伸ばした手をぴしゃりと払うや、彩香は言った。

「安心なさい。何もすぐに死にはいたしませぬよ。その代わり、お前さまの女の命は残すところ一廻り……七日限りですけどね」

「えっ……？」

「お顔はそろそろ倍に腫れ上がり、おぐしは余さず抜けて丸坊主。おまけに臓腑
はただれて血も濁り、肌身は二目《ふため》と見られぬ有り様に成り果てましょう」

「しょ……しょんなぁ……」

そんな、と言ったつもりだったが、呂律《ろれつ》が回らない。

「唇ばかりか舌まで腫れてきたようですね。お得意の口舌《くぜつ》が使えなければ、殿御
を騙すことも叶いますまい」

「た、助《た》しゅけ……」

「謹んでお断りいたします。首を吊るなり舌を噛むなり、勝手になさい」

「しょ……しょれが、お……お医者しゃまの言うこと……」

「医者である前におなごだから許せぬのですよ。お前のような性根の腐り果てしゴミ女を、ね」

「ひ……ひどい……」

「酷いのはお前の顔です、体です、心です」

彩香が浴びせる言葉に一切の容赦《ようしゃ》はなかった。

「せめて毒が脳まで回らぬうちに、胸の内で詫びておきなさい。あなたが勝手な理屈で裏切りし、罪なき方々に……」

「うう っ……」

おけいは答えることもできなかった。

もはや座っているのもままならず、掃除が行き届かぬまま埃《ほこり》と抜け落ちた髪の毛だらけになった畳の上でのたうち回るばかり。

気前が良さげに見えた佐々岡は吝《しわ》く、女中の一人も置いてくれていない。

今となっては、福兵衛は顔さえ見せなかった。

まさかこんなことになっているとは、夢にも思っていないのだろう。

化け物呼ばわりをされてもいい。

せめて誰かが助け起こしてくれさえすれば、厠に行けるのに――。

じわっと畳に染みが拡がった。

「おやおや、みっともないこと」

眉ひとつ動かさず、彩香はつぶやく。

ひと思いに楽にしてやろうとは、微塵も思っていなかった。

九

一方の福兵衛は、おけいのことなど完全に忘れていた。

すでに佐々岡は御城中で首を打たれ、帰らぬ身となった後。これでは米相場で勝てる情報が入って来ず、儲けを出すのもままならない。

そこに追い打ちをかけたのは、偽物の骨董を掴まされた被害者たちだった。

「お前さんに騙り取られた分はきっちり返してもらいますよ!」

「そうだ、そうだ!」

「もう騙《だま》されやしませんよ! 人を馬鹿にするにも程がある!!」

口々に怒りの声を上げながら店に雪崩《なだ》れ込んできた面々は、迷うことなく庭の土蔵を目指していた。

すべては新平がお膳立てしたことであった。

玄人《くろうと》の域には及ばぬものの、新平は骨董の目利きができる。

その目を活かして新平は与七と共に恵比須屋の土蔵へ忍び込み、少ないながらも正真の値打ち物を大事にしていることを突き止めて、被害に遭った人々に伝えたのである。

佐々岡がまだ生きていれば、さすがに手は出しかねた。

だが、福兵衛の頼みの綱は脆《もろ》くも断たれた。疾《と》うに依田の介錯で首を刎《は》ねられ、佐々岡家は取り潰された後だった。

今となっては、怖くも何とも有りはしない。

「これはいい、この茶入《ちゃいれ》をもらっていきましょうかね」

「だったら私は掛け軸だ！」

「その文鎮は、こっちが頂戴しときますよ‼」

「さぁさぁさぁ！　早いもん勝ちだよ！　みんな急いだ急いだ‼」

いつの間にか新平も紛れ込み、皆を盛んに煽《あお》っている。

多勢に無勢の福兵衛に、為す術は無かった。

あっという間にお宝を余さず持ち去られて、土蔵の中はすっからかん。

北町はもとより南町奉行所に訴え出ても、相手にされはしなかった。委細を承知の山田の周知は徹底しており、与力と同心、さらには玄関番に至るまで、福兵衛の言葉に耳を傾けもしない。

「邪魔だ邪魔だ！」

「さっさと帰れい!!」

六尺棒を手にした小者たちが、福兵衛を表に叩き出す。

痛い思いをしただけで、誰にも助けてもらえなかった。

それから後の没落ぶりは、予想された以上に早いものだった。

福兵衛が取り立てを喰らったのは、騙した好事家たちだけではない。

店の地主を筆頭に、諸々《もろもろ》の掛け取りが一斉に押しかけたのだ。

商いさえ順調ならば待ってもらえたことだろうが、ひとたび左前になれば新平の煽り文句の如く「早い者勝ち」である。

なけなしの金をつぎ込んだ米相場も大外れして、福兵衛が無一文に成り果てたのは七月もそろそろ末の、残暑厳しい日のことであった。

「気の毒だけどご免なさいよ。ああ、こいつは手間賃に頂戴しますから」

そう言って巾着《きんちゃく》を奪い取って行ったのは、地主に差し向けられた人足たち。

家財道具を持ち出すことさえ許されず、身ひとつで福兵衛が追い出された後の店は、すでに新しい借り手が決まっているという。

「何てこった……」

絶望した福兵衛は当て所なく、残暑厳しい炎天下を彷徨《さまよ》うばかり。

そこに一人の男が歩み寄ってきた。

「間違っていたらすみません、人形町の恵比須屋さんじゃございませんか」

「はい……店だったら今さっき、取り上げられちまいましたがね」

「お噂は手前のあるじから承っております。まことにお気の毒なことでしたね」

告げる口調は親身そのもの。

木綿《もめん》の着物の裾をはしょり、風呂敷包みを提げた行商人と思《おぼ》しき男であった。

手ぬぐいで頬被りしているので、顔までは分からない。

それでいて胡散臭さはなく、告げる口調は親切そのもの。

「実は旦那にお届け物がございまして、おうかがいしたんですよ」

「私に……？」

「いちからご商売を立て直されるのなら、それなりのお品が入り用だろうとさるお大尽から頼まれまして、ぜひこちらを差し上げたいと……」

そう言って渡された包みは、ずしりと重たい。

「唐渡りの大層高価な壺《つぼ》だそうでございます。一体何のことやら、手前にはさっぱりなんですけどねぇ」

「ほ、本当に頂戴してもいいのかい⁉」

「はい」

微笑む男は、まだ包みを支えてくれていた。

まさか渡さぬつもりなのかと思いきや、すっと手を離す。

利那、くわっと福兵衛は目を見開いた。

その男——与七が包みを離すと同時に、抜いた小太刀で一突きしたのだ。

「いけませんねぇ旦那、こんなに大汗をかいちまって……」

白目を剥いた福兵衛に頭から手ぬぐいを被せてやりつつ、与七は刺し貫いた刃にひねりを加える。

「え？　そんな大事なもんをいただくわけにはいかないですって？　何もご遠慮なさらずともよろしいのに……」

痙攣《けいれん》する福兵衛の口を手ぬぐい越しに塞《ふさ》ぎながら、与七は耳元で呼びかける。

さりげなく取り上げた包みの中身は、漬け物石を収めただけの箱だった。

「承知しました。それでは一旦持ち帰り、先様《さきさま》と相談をしてから出直すといたしましょう。それじゃ旦那、どうぞお大事になすってくださいまし」

脾腹に小太刀を突き立てたまま押し込んだのは、傍らの狭い路地。俗に猫道と呼ばれる、子供も通れぬ隙間である。

軽く一礼し、そのまま振り向くことなく与七は立ち去る。

夏も終わりに近付いて、蟬の鳴く声もか細い。

手ぬぐいがはらりと落ちたのは、それから四半刻（約三十分）も経った後。

炎天下に放置された福兵衛は、喉の渇きに苦しむおけいが庭の井戸まで這って出たところで力尽き、そのまま落ちて果てたとは知らぬままだった。

今日は七月二十八日。

図らずも、荻野夫婦の月命日のことであった。

十

時が過ぎ、今日は八月十五日。

陽暦ならば九月の十二日。

その日、向島の八州屋の寮では勢蔵のはからいで月見の宴が催されていた。

「さぁさぁ皆さん、どうぞご存分にやっておくんなさいまし！」

「へへへ、喜んでご馳走になりやすぜ」

「かたじけない」

寮の広い座敷には、豪華な料理のお膳がずらり。おまけに菓子まで山ほど用意されており、甘党の早見と小関ばかりか、依田も目を見張るほど壮観だった。

「ううむ、さすがは八州屋だのう」

「おや、お奉行もそんな子供みたいな顔をなさるので？」

「おぬしも人のことはとやかく言えまいぞ、早見。早う涎を拭くがいい」

「おっと、俺としたことが……」

宴の席にはおふゆも招かれていた。

「ほら旦那、あたしが拭いてあげるよう」

「馬鹿野郎、俺はガキじゃねぇぞ」

「いいじゃないか。ほら、好きなだけ甘えるがいいだよ」

「おーい、誰か助けてくれー」

「待て待て、御用だ御用だ！」

ふざけて付きまとわれる早見をよそに与七は中秋の名月を見上げ、手酌で黙々と杯を重ねている。

と、おふゆが思わぬことを言い出した。

「なんか与七さん、いい顔してる。そうは思わないかい、新ちゃん？」

「そうだな。何だか前より穏やかになって、おかげで私もここんとこ叱られずに済んでるよ」

「何言ってんのさ。新ちゃんはお調子もんだから、少しは叱られたほうがいいんだよ」

「ちっ、余計なことを言っちまったい」

幼馴染み同士の微笑ましいやり取りを見守る、早見たちの視線は優しい。

そんな一同に照れ笑いを返すと、与七はまた空を見上げた。

満ちた月が美しい。

お菊が向けてくれた笑顔に似ている——。

ふと、そんな気がした。

双葉文庫

ま-17-20

暗殺奉行《あんさつぶぎょう》
激刀《げきとう》

2014年9月14日　第1刷発行

【著者】
牧秀彦《まきひでひこ》

【発行者】
赤坂了生
【発行所】
株式会社双葉社
〒162-8540 東京都新宿区東五軒町3番28号
［電話］03-5261-4818(営業)　03-5261-4833(編集)
www.futabasha.co.jp
（双葉社の書籍・コミックが買えます）
【印刷所】
株式会社亨有堂印刷所
【製本所】
株式会社若林製本工場

【表紙・扉絵】南伸坊
【フォーマット・デザイン】日下潤一
【フォーマットデジタル印字】飯塚隆士

ISBN978-4-575-66685-4 C0193
Printed in Japan